黄咏梅 著

掌上开花

中国文史出版社

图书在版编目（CIP）数据

掌上开花／黄咏梅著. -- 北京：中国文史出版社，2025. 1. --（鲁迅文学奖得主散文书系）. -- ISBN 978-7-5205-4830-4

Ⅰ. I267

中国国家版本馆 CIP 数据核字第 2024LD8728 号

选题策划：江　河
责任编辑：牟国煜
装帧设计：锦色书装

出版发行：**中国文史出版社**

社　　址：北京市海淀区西八里庄路 69 号院　邮编：100142
电　　话：010-81136606　81136602　81136603（发行部）
传　　真：010-81136655
印　　装：廊坊市海涛印刷有限公司
经　　销：全国新华书店
开　　本：880×1230　1/32
印　　张：8　　　　字数：140 千字
版　　次：2025 年 1 月第 1 版
印　　次：2025 年 1 月第 1 次印刷
定　　价：66. 00 元

作者简介

　　黄咏梅　第七届鲁迅文学奖得主。一级作家，供职于浙江财经大学人文与传播学院。在《人民文学》《花城》《钟山》《收获》《十月》等杂志发表小说，多篇被《新华文摘》《小说选刊》《小说月报》等转载并收入多种选本。出版小说《给猫留门》《走甜》《小姐妹》《睡莲失眠》等。亦曾获《钟山》文学奖、百花文学奖、林斤澜优秀短篇小说作家奖、汪曾祺文学奖、丁玲文学奖等奖项。

写在前面

我们怀着由衷的敬意，编辑了这一套散文丛书。

鲁迅先生是中国新文化运动的旗手，是近现代历史上对中国社会思想文化发展具有重大影响的文学家。以他名字命名的"鲁迅文学奖"，是中国文学奖的最高荣誉之一，自创立以来，一直拥有良好的口碑和广泛的影响力。那些获得鲁迅文学奖的作家作品，毫无疑问地推动了我国文学事业的繁荣发展。

这些获奖作家分别生活在祖国的东南西北，年龄跨度从"50后"到"80后"，写作门类包括小说、散文、诗歌、评论。他们都曾创作出佳作名篇，是堪称名家的优秀作家。编辑出版这套"鲁迅文学奖得主散文书系"，我们的初衷正是让这些优秀的小说家、散文家、诗人、评论家聚集在一起，将他们各自独具的生命体验和写作风格，以群峰连绵的形式呈现出"横看成岭侧成峰"的写作景观，向广大读者奉献这个值得阅读和保存的作品系列。

在这些作品的编辑过程中，我们看到了他们不同的阅历和表达方式，看到了他们卓尔不群的文学才华和让人叹服的写作能力，看到了他们观察事物的独特角度和对自己生活、创作的诚意表达，看到了他们纷繁复杂的生活境遇和丰富悠远的精神世界。从这些文字中，我们感受到了作家对大自然和世间万物的悲悯，对岁月悠长、时光消逝的感喟和思索，对身边细微琐事的提炼和回味，对辽阔人间的关怀以及对世道人心和生命本身的探寻与思索。

我们以诚挚的愿望和认真的劳动，向亲爱的读者推荐这个书系，也以此向在写作道路上辛勤耕耘的作家们致敬，向创立近四十年的鲁迅文学奖致敬，向在岁月的上游一直如星光般以风骨和精神令后世仰望的鲁迅先生致敬。

编　者

2025 年元月

目 录

第一辑

第二辑

第三辑

第一辑

来来往往的广州

不知不觉，离开广州已经快四年了。这四年间，经过的次数比回去的次数要多。自从梧州开通了广州高铁之后，我回家乡探望父母，都是从广州的肚子里钻进钻出。火车高铁接驳地铁，直达白云机场，这样，广州的天空我一眼都不看，拖着拉杆箱，大义凛然，装作没心没肺的样子，直把这个生活了十四年，并且度过一生中最美好年华的广州当作了中转站。一声招呼都不打，不问好，也不道别。这样的行径，用广州话来说是——"好冇心肝"的。

很难向人解释这种行为背后的心理，坐在哐当哐当的地铁里，昌岗路、海珠广场、公园前、纪念堂、越秀公园、三元里……一站一站地报过去，我的凄惶感一层一层加深。这个时候，我会庆幸自己并没有实实在在地站在头顶上那个喧哗、混沌、鲜花盛开、摩肩接踵、汗如雨下、镬气十足、干炒牛河的城市，我甚至害怕这辆在广州肚子里穿肠而过的地铁会遇到什么故障，害怕我不得不从地底升上去，害怕我不得不拖着行李重新融进那些街道那些人流中，那样，我一定会放声大哭。是一种被揭穿之后的耍赖一般的哭泣。因为，这几年来，我总是在假装，假装没有离开，或者假装只是暂时离开。

记得2012年12月，《广州文艺》主编、著名作家鲍十邀我回广州参加"都市文学双年奖"颁奖会，那个时候，我才搬离广州两个月。第一次回来的心情，现在记忆犹新。在发表感言的时候，我记得我说："我与广州的初恋才开始。"的确，在记忆中，在怀念中，广州就像我的一个恋人，才下眉头，却上心头。在杭州，有很多个午饭时间，我会乘公交车到一家广式的茶餐厅，吃不正宗的干炒牛河、双拼饭，假装自己在广州。在西湖边，偶尔听到一群讲粤语的游客，我会不由自主地跟紧上去。而更多时候被人问起："你觉得广州和杭州哪个地方好？"我会含糊、支吾，只是为了将广州捂在我心里，不允许一丝的情感泄露，假装自己一副随遇而安的样子。

我还假装成一个在广州来来往往的人，见面不寒暄，分手不告别。

北上广深这些大城市，到处都是像我这样拖着拉杆箱来来往往的人，来来往往构成了城市的活力。作为一个外来人，融入感一直是我们努力追求的。与异乡的融入便意味着扎根的可能性。在广州生活的十多年，身边交的朋友，几乎都是外来人，湖南湖北广西江西，海南河南东北西北，这些朋友冷不丁就出现在我的生活中，过一段时间，又冷不丁地听说某人跑到北京做事了。很奇怪的是，当我们议论那个跑到北京的朋友时，我们很自然会说某某"北漂"了，事实上，我们从不觉得自己是在"广漂"。不是说广州不够大，不足以让我们"漂"；也不是说广州足够宽容，可以让我们像回家一样自便；更不是说广州永远像一幅未完成的拼图，谁都能插足进去；而是广州并没有在精神上给人一种压迫感，蝼蚁也能找到它相对固定的日常模式，并不会为这种卑微的日常模式而感到惶惶。

"咖啡馆与广场有三个街区，就像霓虹灯到月亮的距离"，这是汪峰那首著名的"北漂"歌曲《北京，北京》中的一句歌词。而在广州，你不会生出这种空旷荒芜的感觉。因为，当你走在深夜广州的街头，喧闹的大排档与街道之间，仅仅相差一个人身的距离，你觉得累了，索性就坐了下来，即便什么都不叫，在油腻腻的桌子前发呆，听听身边如暴雨砸到水泥地般的声音——那是镬气十足的滚油里落入了沙河粉的声音，看看那些像蛇信一样舐噬着黑夜的光影——那是从锅底不断蹿出来的旺火的舞蹈，你就这样坐在这些人群中间，用一种最日常、最大众、最舒服的方式，把孤独、漂泊、荒凉这些字眼一勺一勺地搅进了艇仔粥里，热乎乎地喝到了肚子里。

如果非要跟"北漂"找个同义词，我们会说自己是来广州"揾食"的。低到尘埃的，实实在在的，并且带有自嘲性质的。一日三餐，一二三四五六七，多劳多得，应有所得。既然是"揾食"，只要能搭得上，不拘哪一张饭桌上有空位，尽管坐下来就是，不会有人在意你穿着一双浴室拖鞋，也不会有人质疑你的身世出处。在广州，吃过无数次饭局，往往坐下来的时候只有相熟的几个，在吃的过程中，不断加位，渐渐地就人挤人了，偶遇的、携带的，最后你都搞不清楚谁是谁的朋友。频频举杯，不胜酒力的人，不举也不会被认为失礼，甚至，觉得忽然想离开了，打个招呼就离席，也不会有人去拉扯强留。酒足饭饱地往回走的时候，如果没喝晕，犹记得饭桌上那个混得很好很有钱的人低下头，不好意思地说的一句话："求祈揾两餐啫。"他夹在我们中间，刚想伸筷子夹一块看中的烧鹅，却被人不合时宜地转了一下转盘，那块烧鹅很快落入了别人的嘴里。他的脸上露出了隐秘的笑容。那笑容，总是让我觉得如此温暖和有趣。

　　如同粤语的平实，以中音调子为主，广州人的性格和情感也处于中音阶区，人与人之间既不会一言不合即翻脸，也不会一见如故即热烈言欢，在情感的键盘上，他们弹唱的中音坚实而平稳。那些像我一样来自五湖四海被称为"新客家人"的外来者，只要生活过一段时间，也会不自觉地进入这个"中音阶区"，因为那种地带的确很自在、宽松，进退皆易。来来往往，真真实实，不扮矜贵，不博同情，不论资排辈，不邀功请赏，起筷的时候起筷，转桌的时候转桌。这是我喜欢的广州，这是我依恋的聚会氛围。就像广州英年早逝的诗人东荡子写的那首诗：没有人看见他和谁拥抱，把酒言欢也不见他发号施令，给你盛大的承诺。待你辽阔，一片欢呼，把各路嘉宾迎接，他却独来独往，总在筵席散尽才大驾光临。

这几年间，偶尔回到广州，必然是要醉一场的。最近一次是今年的七月，一身水一身汗赶到龙口西路来的那些老友，隔着一张硕大的桌子，我甚至听不到他们在说什么，然而，即使分开了几年，我也能迅速地融入他们，笑着闹着喝着，就像昨天才刚刚分手今天又重新聚会。没喝多少，我就醉了，靠在沙发上，虽然全身无力，但我的脑子依旧很清醒。我半眯着眼睛，看到包厢的门，开开阖阖，隔一阵子就有一个人从那扇门走出去，离开，也不道别，仿佛明天还能见面。我在心里叫着他们的名字，但却不起身，假装自己醉得不省人事，假装自己要在最后一个回家，要像过去那些很多个饭局散席之后，站在马路上，挥手打车，穿过黄埔大道的时候，不忘跟司机说："在跑马场掉头到对面，国防大厦旁边的小路进去……"

只是，我不知道我还能装多久。

我的根据地

再有两个月，我迁居杭州就整两年了。事实上，这两年当中，我一直处于一种整理的状态。整理从广州搬过来的那个"家"，整理新安置的这个家，整理新入驻的办公室，整理与这个新环境接驳的各种路径。"整理"这个词，在我跟新朋旧友的电话中时常出现。也许是听得多了，一个闺蜜竟不耐烦地奉劝我："整理就要干脆，该留的留，该扔的扔，就像那满柜子的衣服，哪一件有三年没穿过了，就该扔，别舍不得……"我虚弱地应诺着。要知道，这不是舍不舍得的问题。整理这件事情，看起来是化繁为简的过程，实际上呢，它是一个化一种具体的繁为另一种抽象的繁的过程，越整理越复杂。就像一张网眼密密麻麻的空网，撒向往事的海洋，捞起来的，往往是辨不清理还乱的情绪。

十七岁离开家乡到外地读书，大学毕业后到广州工作十余年，现在又迁居杭州。像我这样的经历在"70后"一代并不算复杂。作为一个写作的人，作品里总会出现某个生活的基地，评论家们书面地称之为"写作的根据地"，而在"70后"一代作家里，这些根据地日渐模糊，甚至出现了"无根写作"的现象。诚然，我们这一代人比起上辈作家，故乡的文化滋养越来越稀薄，甚至对故乡的记忆，拎出来也是模棱两可，但是，正是因为这种模糊性，对故乡的迟钝感应，导致了我们的"集体怀乡"。我们怀的并不是某一个具体故乡，我们怀的是一种集体的情绪——身处此处却总是不明此处何处的漂泊感。

刚来杭州那段时间，我一个人对付午餐，一直很纠结。上班的地方处在市中心，下得楼来，面对马路一片茫然。后来，我发现在不远处的一幢大厦里，有一连串我所熟知的快餐店，麦当劳、真功夫、永和豆浆、必胜客、回转寿司……我像遇见亲人一样扑进这些店的怀抱，无须看单，我就能点到我想要吃的午餐。坐在这些布局雷同的环境里，我感到很安全，以至常常忘记了身处何处。有一天，我坐在满记甜品，点了一份杨枝甘露，习惯性地对那个女店员说了一句粤语，看着她满脸迷惘的样子，我才醒起——这里是杭州啊。看着窗外陌生的街道，惆怅油然而生。类似的事情屡屡发生。就在前两天，我坐在公交上，上来一个老妇，拉着一个男孩，一落座她就跟那男孩说："嫲嫲带你去吃饭先，好唔好？"男孩脸无表情地答了一句："是但啦。"（粤语"是但"就是"随便"的意思。）他们的对话让我心里一颤，在嘈杂的公交车上，我的耳朵一直跟随着他们。语言总能惊起我心底里日渐平复的乡愁。在日趋同质化的今天，故乡与另一个城市之间，语言才是唯一的分感器。

如果不是这些，我已经开始将这个逐渐适应的美好城市当成故乡，当成写作的"根据地"了。在这两年的写作中，我有意无意地在作品里放置了很多关于"根据地"的暗示，比如说，京杭运河、杭州的菜肴小吃，甚至我才略懂一二的杭州方言句式，可是，我的写作依旧是"无根"的写作。这个无须也不能回避。语言的气味令我露出了马脚。而最为重要的是在作品里难以掩抑的"都市怀乡症"。这些症状也不见得是多么具体，但它们一直都在，它们是一种莫名的失落、格格不入、怅惘，以及种种的不确定。

我曾经在整理一只卡包的时候，发现还保留着不少商场贵宾卡。这些商场都是我生活过的城市，我消费过的那些"购物根据地"。它们就像一张张履历表，记录着我这个"无根"一代的生活足迹，它们所积累的分数，同时增值了我对这些城市的怀念。看起来，它们印制得大同小异，但在我的记忆中，它们截然不同——在王府井商场，我因为惦记着那条价格不菲的裙子，纠结了两天，再来却被人买走了，懊恼；在天河城，我因为争取高一个点的折扣价，跟一个不认识的女人拼买，值当；在世贸广场，因为贵宾卡的积分获得了一次高品质的免费西餐套餐，窃喜……这些充满小市民味道的记忆，累积了我对一座城市的情感积分。

那么故乡呢？我在这只卡包里，还整理出了几张交通卡，有梧州的、广州的、香港的、北京的、杭州的，年份最久的，就是故乡梧州的那张。不记得办有多少年了，自从我离开家乡就没再使用过——因为每次回去时间都不长，出行也没必要坐公交。我一直将它插在这只卡包里，要不是这次整理，我几乎都遗忘它了。前段时间回家乡一趟，因为住的时间比较长，就跟着爸爸妈妈东去西去。有一天，我们心血来潮，坐公交到我小时候住的那个老屋去望望，据说那里快要夷平了，一个房地产大老板要在那里造别墅群。出发前，我拿出了这张才翻出来的公交卡，爸妈都惊诧不已。"还能用吗？"是啊，还能用吗，故乡？在一只脚跨上公交车的瞬间，不知道为什么，我忽然感到一阵害怕。当我将那张卡伸过去，只听见"嘀"的一声，清脆、确定、果断，甚至刺耳，之后，我听到了自己怦怦的心跳，就像接收了某个巨大的磁场感应……

两代人的副刊

对副刊最早的记忆，是从父亲的肩膀上开始的。街角那排阅报栏前，父亲为了能长时间站着阅读完上边的文章，总是让我骑在他瘦弱的肩膀上。他用两只手抓住我两条小腿，这样我就不会在犯困的时候失重栽下来。父亲是个文学青年，大学虽然读的是历史系，但经常到中文系蹭课，没有位置就坐在走道上听。现在想来，父亲年轻时那痴迷文学的样子，一定跟他在阅报栏前读报一样，是很滑稽的。

一点不夸张地说，副刊改变了我父亲的命运。

父亲工作之余写了很多文章，在《人民日报》"大地"、《羊城晚报》"花地"、《广西日报》"花山"、《梧州日报》"鸳鸯江"等副刊发表了不少作品。20世纪七八十年代，能在这些副刊发文章，其轰动效应不亚于在一个小城里出了个高考状元。在我读初中的时候，《梧州日报》就把父亲调到了副刊当编辑。父亲终于如愿以偿。他再也不需要将我高高放在肩膀上读阅报栏里的副刊了，事实上，那时我已上中学，父亲也扛不动我了。

我们家开始有了自己订阅的报纸，遇到让父亲拍手叫好的文章，父亲就会剪下来，贴在笔记本上，父亲在上边圈圈点点，写下自己的读报心得。这些剪贴簿，至今还保留在我们家的书房里，快有一人高了。每次回家看到这些摆在墙边的剪贴簿，就像看到一棵树，一本本发黄的书脊，就是一圈圈的年轮。

当副刊编辑的父亲，成为家乡文学爱好者群体中的一个活跃分子。我们家隔三岔五就高朋满座，都是父亲的文友。那个时候，我们家虽然还说不上富裕，但也算得上脱贫了。文友们时常来我们家，话题往往是从副刊上一篇好文章开始的，他们畅谈文学的兴致很高，一坐就是一天，母亲还要给他们管饭。有时候恰逢母亲没有准备，就着萝卜干喝光一大锅白粥，他们也欢畅无比。我们家有一套年代久远的工夫茶具，是父亲的潮州老乡送的，它在文友聚会的时候是"主角"。广西人对饮工夫茶并不熟悉，所以，父亲每次都给文友示范茶道，"关公巡城""韩信点兵"……而一切关于文学、写作的话题便由那一只只盛着铁观音的小瓷杯传递着开始了。文学的芳香和温暖，在我的记忆中，总是离不开父亲那套虽古旧却精致的工夫茶具。

副刊继而又改变了我的命运，或许应该说，造就了我的命运。

因为从小耳濡目染，加上父亲强大的文学意志力，我从十岁就开始写作。作品在报纸副刊发表之后，父亲美滋滋地将它们剪贴下来，并跟那些一贯的剪贴簿区别对待——它们被珍藏在书柜里，定期更换驱虫防潮的一只只小香包。我受到副刊的眷顾比父亲要早得多。因为写作特长，我得以保送上大学，继而保送读研究生。毕业分配时，同样因为那些厚厚的作品剪贴簿，我得以进入《羊城晚报》"花地"副刊当编辑。那年我刚满二十四岁。父亲二十四岁的时候，刚刚大学本科毕业，因为"华侨"出身成分不好，分配到广西地质队，在十万大山之间风餐露宿，心情比那些挖矿工人身上的灰还要重。父亲说起当年那段苦日子，总是要强调，好在那时候心里有文学。下班之后在笔记本上写文章，并且等待文章在副刊发表的日子，成了他灰霾生活里唯一的光，他循着这道光才敢走进未来。

至今，我还清楚地记得到羊城晚报社报到那天，在广州东风东路733号那座高楼前，父亲仰着头认真地看了很久，那样子，就像我小时候骑在他肩膀上，他仰头认真地读着阅报栏里的一篇篇文章。

在"花地"副刊当编辑，是我韬光养晦的十三年。除了阅读到更多好的文字之外，还接触到更多志同道合的文学中人，很多大家、名家既是我的作者、采访对象，也是我精神上的老师。报业内有一种说法，"北有孙犁，南有秦牧"。北方有《天津日报》副刊的孙犁先生，南方有《羊城晚报》副刊的秦牧先生，他们既是著名的编辑家，同时又是著名的作家，可以说，报纸在一定程度上借助他们的名望而扬名，更为重要的是，他们的办报理念和做人风骨，支撑起了报纸在读者心中的地位。两位前辈既是我办报学习的榜样，也是我心目中的作家楷模。2011 年，我获得首届中国报纸副刊最高奖——"孙犁报纸副刊编辑奖"，是全国十位获奖者中年龄最小的一位。我在获奖感言中说道："无论任何时候，都有着无数心藏文学梦的人，生于此喧嚣年代，实在太需要有副刊这个园地，抒胸臆，言心声，怡情愫，拨迷津……"这是一个副刊编辑的心里话，更是一位作家对副刊的肺腑之言。

副刊就这样滋养了我们家两代人。如今，面对新媒体时代，都说报纸业进入寒冬，但无论如何，副刊在我和父亲心里，都是温暖的。八十岁的父亲每天从报箱里拿出报纸，坐在客厅沙发上，上午的阳光从窗外照进来，父亲就着那些阳光，读副刊上的一篇篇文章，通常是，读完了，阳光就从窗口移走了。时间刚刚好，如同我们与副刊相接的命运。

在梧州看水

　　地处桂江和浔江交汇处的梧州城，依山傍水。两江交汇，相互依偎，难分难舍，直到逐渐融为一体，汇成一条颜色介于黄绿之间的西江。

　　水是梧州人的另一种血脉。水路，从梧州的历史上看来，等同于财路、生活之路。水路的发达，成就了梧州自古以来的"百年商埠"。梧州人还喜欢到江中游泳，到江边看看水、吹吹风，跟遇见的熟人聊聊天，就像走亲访友一样平常。喜欢看水的梧州人顺势在这两江交汇处，建起了长廊和孖亭。岸边榕树婆娑、柳树依依，岸下两江鸳鸯戏水，此处便被称为"鸳江春泛"。不要说外地人，就连土生土长的我们，也把这里视为节假日看水的好去处。

　　小时候最开心的事情，就是被父母牵着，跨过大桥，穿过热闹的珠山隧洞，到鸳江春泛看水。沿着长廊走下孖亭，再步下几级台阶，直接走到河滩上。离水越近，越能感受到两江交汇所形成的湍急。激流扇动起来的风带着湿润的水汽，钻进衣裙里，黏在皮肤上，清凉清凉的。当然,对于我来说,去鸳江春泛看水的吸引力最终还是为了吃。岸边的大榕树下摆着一溜小吃摊,小木桌、矮竹凳,男女老少围坐一起,嘬田螺、嚼酸嘢、串牛杂……炒一碟牛肉河粉,蒸一条刚钓起的河鱼,盛一碗明火白粥,灼一盆盐水菜心。江风徐徐,两江拍岸的声音会从脚底升上来。这些时候,父亲会给我开小灶。他从矮板凳上起身,漫不经心地走开,几分钟后从对面凉伞下的冰柜里,给我买回一根红豆冰棒,或一支冰镇维他奶。如此甜蜜的美好光阴,成为我人生中第一次"愿时光停留在此刻"的记忆。

父母牵着我一起去看水的时光伴随我整个成长过程。记忆中,父亲和母亲,一个朝着桂江的上游眺望,一个朝着浔江的下游眺望。他们向身边的那个孩子指认着远方,向她描绘那里有两个看不见的故乡。父母是这个城市的异乡人,如脚下的这两条江水,他们被命运推到了这个城市,相识相爱,共饮一江水,于是有了我这个土生土长的梧州人。很多年以后,当我站在珠江边,朝着上游眺望,目光穿过广厦,穿过遥远的水平线,以期能望得更远一些,望见我的故乡,望见那条街上那间熟悉的房子,望见房子里我亲爱的父母,这时候我才理解,父母看水,也是在望乡。在那些通信尚不发达的岁月里,这江水便是他们思念的邮路,顺流、逆流,如光纤一样传递着他们的乡愁。

　　由于与江水为邻，所以梧州人祖祖辈辈都在生活中预留了水的位置。"骑楼"是梧州城常见的老建筑。为了不让水轻易进屋，三五层的房子却有着三四米高的廊柱，看起来就像房子长了两条"大长腿"。每条"大长腿"上，都会钉着一两只牢固的铁环。涨水的时候，人们取出备用小船，从二楼的小水门出来，摇着船前行；到了，就把船系在铁环上。

　　进入 21 世纪之前，江水上涨，洪水浸街，在梧州时有发生。这固然给生活带来影响，但在梧州人看来并不罕见，应对起来也经验丰富。从小到大，我家搬过四次，每次地势都比较高，所以水并没有"光临"过我家，但我见过洪水浸街时的光景：船只安然来往，人们摆渡到地势高的茶楼去饮早茶、吃冰泉豆浆和龟苓膏。咿咿呀呀的粤剧唱腔从茶楼里传出来，广播里 12 点依旧准时开讲《杨家将》……大约过了个把星期，水慢慢退回河滩的时候，人们穿着高筒雨靴，拿着长长的竹扫帚，大街小巷去扫水。那些被水淹到的家庭，一趟趟跑到某个"西水借用"的聚集地，领回寄存的家居物什。"西水借用"那张纸片，时常贴在我家附近的中学、文化馆等门口，那里是免费提供给人们的安置场所。

　　那年，我从学校毕业后去广州工作，父亲送我。一个夕照满天的傍晚，我和父亲拎着重重的行李，站在港运码头向岸上目送的母亲挥挥手，然后登上了正在鸣笛的"红星号"客船。父亲坐在窗边，对着岸边后退而去的街道指指点点，话很多，我却嫌船开得慢。出于对新生活的期盼和忐忑，我坐在船舱的大通铺里，混在嘈杂的旅客和拥挤的行李中，毫无看水的心情。我甚至暗暗埋怨父亲为什么不选择陆路，321国道上飞驰的大客车五六个小时就能到广州，而这艘"红星号"顺着西江，需要多出一倍多的时间。船开过那座江心小岛系龙洲之后，熟悉的街道便看不见了，再开一阵，广播里报出了封开的站名。父亲告诉我，我们已经离开梧州，进入广东，西江就要流入珠江了。父亲拉我到船尾看水。太阳已经落入江面，剩下几朵染着余晖的云朵卧在我们来时的方向。父亲指着那个方向说，在那里，梧州现在叫作你的故乡了。父亲说出这句话时，眼眶湿润，如同过去许多次跟我们提起他的故乡时那样动情。这时候我才意识到，这艘"红星号"将我送达异乡，这个小城将成为我频频回首望见的那个地方。一片沉默中，我和父亲在船尾站了很久，直望到云彩彻底消失，逐渐看不到远处的水平线，感觉不到船的速度。

进入21世纪后不久，绵延梧州城区近二十公里的防洪堤建成，江水被牢牢框定在堤坝下。洪水浸街的景象已经成为记忆。那些为了"招待"洪水而建的骑楼，现在变成"骑楼城"观光景点。楼墙上的一道道水痕也已经被粉刷干净，挂在"大长腿"上的铁环被装饰上一层彩色的荧光圈，仿佛向行人炫耀着它的光辉岁月。在这个提速的时代，那艘曾经载我离开故乡的"红星号"已经停运，321国道上的车流逐渐稀少，高速公路、高铁穿过这座小城，将人们带到更远的远方。但梧州城商埠的本色没有改变，江水担负着不因速度而被取代的使命，一条三千吨级内河航道的"水上高速公路"去年开建，直通粤港澳，水路依旧是这座城市的发展之路。梧州人也依旧喜欢看水，站在防洪堤漂亮的绿化带上，远看、俯瞰，江水涛声依旧，而小城已经扩大了版图，改变了模样。

一座城和一个人的关系，刚开始是命运，接着更多的是情感。那个黄昏，那艘缓缓的"红星号"上，面对江水，父亲对我说出"梧州叫作你的故乡"这句话时，这座城市就开始在我的记忆里与现实中交替出现。在"籍贯"这一栏我很多次写下这个城市的名字，在文学作品里我用书写的方式反复回到这个城市，甚至在一阵潮热的空气里我都能闻见这个城市的气息。人到中年，逐渐体会"故乡"深藏的意味和愁绪。无论身在何处，在曾经驻足的珠江边，还是我现在生活的钱塘江边，我总是要找到一个水流的方向，眺望，并在心里写下一封封家书。

掌上开花

喂这只流浪猫已经一年多了。第一次见它，是在小区的一块石头上，褐色的毛发跟石头的颜色接近，如果不是它朝我发出了喵喵几声，我不会发现它。小区里有不少流浪猫，它是第一只朝我喵喵叫的。并不仅仅是这几声使我对它萌生了怜意，还因为它发声的嘴。它的左边嘴角缺了一块，从脸颊处陡峭地凹陷下去，皮毛再茂盛也掩盖不住这个缺陷。一眼之下，是让人觉得丑的。我猜是流浪猫之间为争地盘，互相斗殴所留下的伤。好在，除了这个缺陷外，它还是属于那类好看的狸花猫，身上间隔的花色斑纹匀称，尤其是眼睛，圆溜溜水汪汪，朝我叫那几声的时候，也跟家里被宠着的猫无异，眼神里流露着与人相认相识的含义。

每天黄昏，我就会到那块石头上去找它。那块石头成了它天然的猫食盘。由于它的牙齿不便，几乎没法吃下硬食，所以，我持续地买一种湿软的猫粮给它，一闻到这个味道，它就连我也熟悉了起来。它的活动范围并不大，因此，只要我一接近那块石头，就能看到它不知从什么地方蹿了出来，喵喵地迎着我。

一段时间以来，我觉得这是我与它的一种缘分。几乎从第一次我们相遇，它就跟我亲昵，用脑袋蹭我的裤脚，竖起尾巴在我的两腿之间绕行，并且一路跟着我绕过小花园、游泳池，如果不是我小跑着离开，它估计会跟着我回家。对于猫这种敏感、多疑的动物来说，这种缘分实在太少见了。即使它是一只又老又残缺的猫，我都会对它很牵挂。逢着雨天雪天这种日子，躺在温暖的被窝里，我会想，不知这只老猫在哪里躲？

有一个大雨的冬夜，我撑着雨伞打着手电去那块石头找它，站了几分钟，学着它喵喵叫，四下寻找，影子都没一个，想着它肯定躲在一个干爽安全的地方，心里既欣慰又有一点失望。正要转身回去的时候，从对面那个车库出口处听到几声嘶哑的喵喵叫声，很快，就看到它冲进雨里，一路朝那块石头小跑过来。我蹲下来，它就跑到了我的伞下。我把它抱了起来。这是我第一次抱它。我始终对它有隔离，家人也一再警告，流浪猫很脏，跳蚤、蜱虫之类的一旦跳到身上，人会患皮肤病。所以，我从不用手碰它，更不要说抱了。但在那一刻，我的所有隔离防范的想法都消失了，只想把它抱起来，抱到不远处那个凉亭里的长椅上。我在那张长椅上喂它吃了一包湿粮。吃完之后，我也没有急着回家，就像一个被暴雨滞留的路人，跟它一起坐了很久。它先是满足地梳理着自己的毛发，不时用眼睛斜瞄我。很快，它的喉咙就发出了均匀的咕噜声，这是一种放松、愉悦的信号。它咕噜咕噜地慢慢挨近我，试探性地用手搭上我的膝盖。我用手去抚摸它的脑袋、下巴，甚至它那残缺的半边脸颊。我的手所到之处，能感觉到它的回应，充满着享受、依赖。它的咕噜声越来越大了。最终，在我的鼓励之下，它整个身体爬上了我的膝盖，蜷缩在我的怀里。逐渐，我的怀里也暖和起来了。

从那以后，我去石头那里找它，就会引它往凉亭走，在椅子上喂它，然后停留一阵，用手抚摸它的脑袋、下巴和那残缺的半边脸颊。这些，都成了我和这只流浪猫的默契。

直到有一天中午，我无事可干，拎着一袋猫粮又去那块石头找它。远远地，看到几个女人在石头旁边聊天，那只老猫就围在她们脚边转悠，喵喵喵喵地叫。直到我走近了，它似乎还没看到我，还在用脑袋蹭一个阿姨的裤脚。这个阿姨手上拿着一包吃剩的鱼骨架子，一点点地用手将剩下的鱼肉剥下来，扔到地上给它捡。阿姨一边喂，一边跟其他几个人絮絮叨叨地说："这只老猫，最会讨吃了，没得吃，还懂得跑到楼上，蹲在人家家门口叫个不停。"根据她们聊天的内容，我才知道，原来有很多人都在喂这只猫，因为它遇人不怕，相反，会跑过来缠人。阿姨看我手里拿着猫粮，就说："你也来喂它的吧?"我点点头。阿姨说自己就住在这块石头旁边那个单元楼上,每天上下楼会遭到它的纠缠,而她的女儿几乎每天早上上学前,都会将猫食放在石头上。阿姨又告诉我们,这只老猫刚开始并不是流浪猫,是她那栋宿舍一楼家养的,后来那家搬家了,没带它走,所以,它就一直在这附近讨吃。"哦,难怪不怕人,这老家伙讨吃还很有一套咧。"好像她们在讲的不是一只猫,而是一个流浪汉。其中一个女人说完,用脚推了推它。它吃得很努力,当然应该也是很开心的吧,即使被人用脚推了几下,都不为所动地咀嚼着。

不知道为什么,我忽然想起了那个流浪汉的脸。近二十年过去,那张脸依然清晰,即使那是一张脏得五官模糊的脸。那时我刚开始工作,每天上下班,都要穿过熙攘的石牌东路。那天我上班走得很急,又在打手机,走到石牌东拐弯到岗顶的街角处,一脚伸出去,只听到一声哐啷响,回头去看,那个匍匐在地的男人,抬头睁大眼睛惊悚地看着我,双手朝上摊开着,而我身前,是一只还没滚动停当的铁碗,以及溜出铁碗那几个还在四处找缝隙逃窜的钢镚。我一下蒙了,本能地跑了起来,没跑几步,就听到他传来一阵哇呜哇呜的哭声,哭声很夸大,完全不是一个中年男人的声音,就像一个孩子在肆无忌惮地哭。我害怕得头也不敢回,越跑越快,希望尽快躲进人堆里,直到谁也找不到自己。这二十年来有很多次，我无端会想起这件小事，也跟身边的人说起过，除了自责，我更多地会想，如果这事情发生在更晚一些时候，我应该不会跑，我会弯下腰来，将那只碗扶稳，将那几只钢镚捡起来放回去，并且将碗不偏不倚地摆回到他的面前。可是，晚一些时候是什么时候，我其实并不确定。

大概基于我得知那流浪猫是一只吃百家饭的猫，我对它喂食的义务和责任减轻了许多，刮风下雨、太热太冷、工作太累不愿下楼等等这些原因，都会让我心安理得地不去那块石头找它。我想我的这种懈怠还因为对它的情感有所减弱，毕竟它不是那个我单方面认定的缘分，确切地说，它对我的需要不是唯一。

夏天的一个黄昏，刚给一个小说结尾，心情有点激动，我下楼慢慢散步，不自觉又走到了那块石头附近，只听到草丛一阵窸窸窣窣，它从里边钻了出来。有一种久别重逢的感觉。因为没准备，我两手空空，竟然对它生出了愧意。对于一只讨吃的流浪猫，除了吃，我还能为它提供些什么？它似乎认出了我，不，它一定认出了我。因为它一边叫着，一边将我朝凉亭方向引去，走几步就回头看我是否在跟着它，直到我们在凉亭的椅子上坐下来，它才停止叫唤，不断地用脑袋蹭我的胳膊。我的手指刚一抬起来，它的鼻子就凑了上来，将那歪斜的脸颊从我指尖划过去，并且很快发出了愉悦的咕噜声。

我们重新找回了那种久违了的默契，我用手一遍一遍地抚摸它的下巴、额头和脸颊，它高兴得在椅子上翻滚，亮出了米色的肚皮，它把两只手掌张得开开的，放心地摁在我的膝盖上。我记得一篇介绍动物知识的文章将这个姿势称为"掌上开花"，猫咪做这个动作，表示它很放心也很开心，就像人们心花怒放的时候。

我想，我大概忘记了，除了提供一些生存的必需，我还可以给予一些抚慰，或者说情感，而这些东西，无论对人还是动物，无论身处贫穷还是富足，同样也是本能的一种。如同这个世界永远需要鲜花，我们总是愿意看到那一幕幕掌上开花的时刻，让人欣慰和满足。

围炉煮旧

在我们家，我是唯一一个在他乡生活的人。从读大学开始算起，三十多年往返于异乡和家乡之间，行李箱从少年拖拉到中年。虽然住过的也不外乎桂林、广州、杭州几个城市，但与家人的聚散场面，足足可以拍成一部年代剧。不记得从哪一年开始，春节竟逐渐成为我们一家人忆旧的聚会了。辞旧迎新，相比起来，好像我们更留恋那些辞去的旧，或者说，我们对那些旧的共同记忆愈发清晰起来。旧时光是过去时的，新生活是将来时的，如果不是人的记忆和情感在迎来送往，它们根本不会照面。而岁月，就在它们的不断照面中逶迤游走，在游走中沉积下人生的况味。

今年春节，终于可以回家过年了。我早早下单，给父母买了一套网红烤茶炉具，放在阳台的那张四方老木桌上。陶瓷材质的复古炭炉，玻璃壶里的六堡茶咕嘟咕嘟细声煮着，浓酽的茶水一泡接着一泡，就像我们的往事，一串接着一串。坐在木头小板凳上，我们一家人整整齐齐围在一起，不时地，烤炉上还会烤一些红薯、花生、板栗或者红糖年糕之类的"古早"食物，当作茶点，热乎乎，香甜甜，恍惚间有一种昨日重现的错觉。只不过，围坐在茶桌边的人，发肤都已经被时间一再爬过——父母和他们的三个孩子已不再年轻。我们已经失去了那种一惊一乍的表达，即使说到旧日一桩桩或惊怪或悲伤或搞笑的事情，也只是时而唏嘘，时而欢笑。俯仰之间，我偶尔用目光瞥过每个人身上，会生出一种温暖的安慰。仿佛来到这个冬夜的幸福时刻，我们是跋了山涉了水，仿佛我们是被时间劫持过后的重逢。

因为一个叫梁大富的人从我们的话题里跳了出来，今年，我们多了一个重返石鼓冲的节目。

我姐说，前些日子在街上碰到了招弟，简直认不出来了。招弟是谁？母亲在心里算了算，对我说，你大概是没什么印象的，那时候你才四五岁，招弟是梁大富的女儿啊。这个名字一下子点亮了我的记忆。"梁大富，冲凉不脱裤"，这句儿时的顺口溜，居然顽固得像"床前明月光"一样，还在。

在我读小学之前，我们家住在市郊石鼓冲的一座小山上，独门独户，上下山要沿着一条泥土阶梯爬个十来分钟。这条泥土阶梯，一层一层会经过几户原住民家。我们家不是本地人，父亲大学毕业后因为华侨成分的缘故，支边到广西，落实政策后才得以落定到这个城市。外来户与原住民之间多少还是有些隔阂的，但好在那时候大家都在一心一意解决温饱问题，穷困使人心思单纯，我们跟那几户人家相处融洽。唯独梁大富那家，无论大人小孩都不愿走近。听父母说起来，我们住到那里的时候，他已经是个近五十岁的人了，又矮又瘦，穿得破破烂烂，几乎不跟人说一句话。而且，他神出鬼没的，有时好一段日子不见踪影，有时又几乎天天在家。我们小孩子为他编句顺口溜"梁大富，冲凉不脱裤"，是因为他总在屋门口的那个水龙头下洗澡，全身上下仅穿着一条阔大的短裤，光天化日，也不忌讳路人，一只干葫芦劈开做成的水瓢，接满水就往身上泼。"身上的皮肤又黑又皱，就像在浇一株干枯的石榴树。"父亲想到那情境还印象深刻。是的，他家门口是真有一棵看起来营养不良的老石榴树，结果的时候，我们小孩子会去偷来吃。

"我到现在还不能理解，那个梁大富啊，冲凉不脱裤子能洗干净吗？"我哥一问，我们全都笑了起来，脑海里出现了一个站在龙头下冲凉的梁大富。

说实在的，除了这句顺口溜，我对这个人再想不起太多。70 年代，这般大庭广众之下洗澡，不会判有伤风化的罪？"所以大家都怕他。我都不敢正眼看他。"母亲说。

父亲告诉我们，梁大富是西江上的船员，一年里多数时间是在船上度过的。大概因为走船的人在船上洗澡都那样，上岸也改不了这个习惯。

噢，原来如此。

父亲说，其实他是个好人。

我们山上的那间小屋，左右无邻，屋背是山林。夏天的时候，不时会有蛇钻进我们家。父亲是个瘦弱书生，对付一下蚊虫和马蜂窝之类的倒没问题，但是面对吐信吹风的蛇，现在说起来都心有余悸。大概是我三岁的时候吧，梁大富帮父亲对付过一条正昂起头，在我家饭桌底下吐信的银环蛇。父亲捕蛇的事情，我听过很多次，有的细节还写进过小说里，但这事我还是第一次听说。

银环蛇有毒，父亲认得出来，迫使他不敢轻举妄动的是，当时我正坐在饭桌上，如同无知无觉的人质。母亲只能在门外朝山下喊救命。很快，光着膀子、穿着一条阔短裤的梁大富跑了上来，手上拎着一支粗竹筒。他先是朝那蛇扔东西，草帽、衣服、鞋子之类的，将那蛇的注意力引向自己。父母则在一边喊话，安抚我，将我的注意力牢牢固定在饭桌上。等到那蛇身游出桌底，梁大富几步冲近前，用力把竹筒准确地摁在了它的脖子上，瞬间制服了它。那条银环蛇，在梁大富的指导下，父亲将它去毒泡酒。四十多年来，我们家搬了几次，那瓶酒都紧紧跟随着我们。因为从小就看着那瓶酒长大，我倒并不觉得害怕。那条蛇蜷缩在玻璃瓶的底部，身体比擀面杖还粗，它盘踞得安详，颜色还鲜亮，蛇鳞还泛光，眼帘紧闭，看上去就像在冬眠。很多次，我看到父亲将那酒瓶抱出来，检查里边的酒下降了多少，又总会不忘用一块布擦擦玻璃，晃一晃，好像在跟那蛇打招呼。那瓶酒，不知道是忌惮蛇毒，还是作为一次蛇口脱险的难忘纪念，父亲从来没喝过一口，倒是被时光一点点地偷喝掉了大半瓶。

这么说来，梁大富还救过我一命，这个除了名字外我几乎没有任何印象的人。

"那他现在在哪?"

"早就走掉了。"

也是凄凉的。80年代后期，我们这个小城，像港台流行歌一样流传着一种说法，说香港遍地有金捡，他儿子就真的跟着一群人，从西江码头上船，说是要去香港发财。一去便杳无音信。等不到电话普及到家庭，没过几年，梁大富就生病了，走掉了。这些，都是我们搬离老屋后发生的事情，母亲也是过了很多年之后，偶然从老邻居的口中听说的。

席间，一阵沉默。我从阳台的栏杆望出去，西江水倒映着大桥上的彩灯，一跳一跳的，灯柱顶端特意为欢庆春节挂上的红灯笼，把水面都映红了。江面上仿佛流动着一个城市，看起来比岸上更为热闹。从前，梁大富那个儿子就是沿着这条水路出发的，不知道他有没有好好地跟他的父亲道别，还是满脑子幻想着遍地黄金的新世界，以为自己很快就会阔绰地回家孝敬父亲，只是夹在人群中，兴奋地跟父亲挥手"拜拜"？

望着脚下的河水，我逐渐走神。这条贯穿我们这座城市的西江，川流不息，迎来送往，在高速公路还没有开通之前，它还是主要的运道。跟那个年代里很多离乡的人一样，我出发到人生中第一个工作城市广州，就是从西江码头登上"红星号"客船，顺着西江，一夜到珠江。二十四岁，对未知的新生活既兴奋又不安。是父亲送我去的。客船刚开进广东境内，他就拉着我到船尾，指着那个已经被我们抛在身后的方向，郑重地跟我说："现在梧州就叫作你的故乡了。"作为一个异乡人，我经历过的离别有很多很多次，但这次黄昏的离别深深印在记忆里。父亲这句话以及他说话时船尾螺旋桨搅起的阵阵巨浪，每当我想念这个城市这里的亲人，必定会在心中响起，不仅仅是因为父亲第一次为我定义了故乡，更重要的是，从那以后，我开始一次次经历送别的时刻，一次次体会分离的滋味。次数的增多并不意味着熟能生巧，相反，随着年岁的增长，我甚至觉得送别变得越发艰难。在汽车站台边，在高铁闸口处，在机场安检口，我送父母，或者父母送我，从唠叨的叮咛逐渐变成无言的沉默，从依依不舍到复杂的不忍。最近几年，我都以父母年纪大了行动迟缓为理由，拒绝他们送我到站台，但他们从来都不肯，好像目送我消失在站台是为人父母必须完成的仪式。为了缩短送别的时长，我总是掐算好时间，几乎踩着点到达车站，有好几次，因为时间实在紧迫，我匆匆与父母道过别，便一路小跑进入安检处，留下他们在小车内透过玻璃窗看我消失在人群中。我发现这种道别的方法最轻松。往往是，当我惊魂未定地在位置上坐下，给父母拨个电话，内容全都在讲差点误车的惊险和刺激，就好像离别已经是很久前的事了，甚至假装没有离别这回事。不过，当我安静下来，独自看向窗外，疾驰的火车将楼房、树木、河流以及整个城市迅速抛下，想到自己又一次将父母抛在原地，眼泪会掉下来。

　　一颗剥开的板栗放到了我的手上。"烤熟了，热着吃才香。"母亲挑出炉子上最先熟的那颗给我。小小一颗，却烫。我握着它，看看母亲，又看看父亲，没头没脑地说："谢谢爸爸妈妈，把你们女儿养那么老。"一时间，母亲不知道怎么接话，气氛变得有点奇怪。我姐忽然拍了我一下，夸张地说："我才没老呢，别把我算进去。"我笑着攻击她："更年期了都，还不算老?"我哥接过话，表扬母亲："啧啧，老妈，你们真厉害，把儿女一个个养到了更年期。"大家都笑了。父亲举起一只工夫茶杯敬母亲，我们也跟着举茶杯敬父母。空气中流动着木炭的气味、煮茶的陈香以及一种我定义为幸福的芳香。我想，这个围炉之夜必会是我日后无数个寒冬夜行的慰藉和动力。

第二天，姐姐的车在楼下等我们，说要带我们去石鼓冲转转，去看看那间山上的老屋。小城不大，车程也就不到三十分钟，很奇怪，自从搬离那里，我们就算很多次聊起，但却没想过回去看看。车子路过的那些地方，我大致还能认出来，医院、学校、菜市口……最后，穿过一个十字路口，母亲指着那里一条安静的小道说，这里就是石鼓冲路口了。啊？怎么是条小道？我印象中是一条宽阔的大马路，过去每天背着大书包上学放学，走得又饿又累。

等到车子兜兜转转找到当年那个上山的入口，我们都傻眼了。那座小山已经被劈掉了一半，就像梁大富那只葫芦水瓢一样，劈掉的那半边，就是通往我们老屋的一层层泥土阶梯。老屋，以及我们坡下的那几户原住民的家，荡然无存。望过去，那地方朝天升起了几栋淡黄色外墙的高楼，就像我们现在在城市任何地方都能看到的那种高层住宅，墨色的窗框在墙体上打着整齐的格子，空调统一困在一溜木框子里呼吸。参照剩下的那半边小山，高楼远远高出了我们每天哼哧哼哧爬十几分钟才能到达的老屋的高度。而那时候，我们一度认为再没有比我们住得更高的人家了。

停好车，我们四围走走，想努力捡拾些往日的痕迹。事实上，我们连走近那个地方都不能，楼盘将那半座山以及山下的一大块平地都圈了起来，我们只能透过种满凌霄花的围栏看进去，有花园，有泳池，一个老人推着婴儿车缓缓走着。小区的电子门禁前，两个保安正站在左右两盆硕大的金橘盆景边，腰上的对讲机不断发出一些电流声和含混的人声。我们竟然连老屋的照片都没留下一张，想到这个大家觉得很惋惜，后悔为什么不早一点回来看看。离开之前，我们只好在小区门口拍了张合影，身后的背景，只有我们知道，是遥远记忆中的那间消失了的老屋。

围炉忆旧的温暖，那些纷至沓来的往事使我们变得更加亲密。在离开家的前一个夜晚，临睡前，我像过去喜欢做的那样，坐在父母的床尾，将脚伸进被窝，跟他们说说话。东拉西扯，也谈一些未来的计划。这是我跟父母最亲昵的时刻，这种时刻我会觉得自己变得很"小"，"小"到可以躺在他们怀里，"小"到可以胡说八道一些话。"妈，要是时间能停下来就好了。""妈，要是能回到小时候就好了。"这些无厘头的撒娇，我知道，是我在他们面前最大限度的松弛，或者某种虚弱的最大限度的坦露。

第二天清晨，天还没亮透，我轻轻收拾好行李，要出门赶最早的那趟高铁。这次在我的坚持下，好不容易跟父母商量好，只送到电梯口。不知道是因为昨晚聊太久，他们睡得太迟，还是因为安眠药的作用，他们还没醒。我悄悄走近他们床边，他们的鼾声在我听来像一首欢快的曲子，节奏诙谐。我忍住了笑，将手探进被子里，摸了摸床褥，暖暖的。在准备提着行李箱走出门口时，我忽然想起了他们养的那只大胖猫，又转回身，走向猫笼，伸手进去摸了摸垫在猫身下的棉布，暖暖的。猫的喉咙震动出咕噜咕噜的欢喜的声音。

在站台的前方，我等待的那辆列车呼啸而来，而另一条轨道上，一辆徐徐开出的列车朝它迎面而去，过往交错掀起了一阵强大的气流，新的生活劈面而来。

大　猫

生于虎年，却胆子小，每历虚惊之后，总会内心自愧，辜负了这个王者的年份。作为一个作家，对人对事喜欢琢磨穷究，"何以至此"是我写小说的内在逻辑，但对于我的胆小，捉摸不透，记事开始便有之，似乎有着无法倒推的逻辑，只好归于天性。

有人问起我的属相，"大猫"冲口而出，搞得别人半天才回过神来。我母亲说，大概是被父亲讲的那些睡前故事吓坏了，小时候一旦提到"老虎"二字，我就会哇哇大哭，所以老虎在我们家一直被叫作大猫。那些睡前故事很简单，讲的是父亲少年时跟随大人去深山打虎的一段历险。故事重复来重复去，情节会随着父亲当晚的兴致和精神状态有所加减。在父亲的故事里，老虎的眼睛有着手电筒光一般大，绿莹莹，它叼起摇篮里的婴孩，从窗边经过，脚步声把人的耳朵都震聋，它甩着长长的尾巴，把门口菜园的篱笆扫得稀巴烂。在故事的结尾，总会讲到人们将打死的老虎抬回村里，需一二十人才能将它抬起来，就像抬一辆东风牌卡车一样。父亲讲这些故事的时候，我们还住在那间 1974 年的老屋。

老屋挂在偏于城市一隅的半山腰上。我出生五十六天之后就搬进了老屋，一直住到念书才得以搬离。父亲是大学的文科生，因为"华侨"出身的成分，毕业后支边到地质队工作，在广西十万大山之间颠沛辗转，老屋是他与母亲结束两地分居后第一个真正的家。虽是陋室，但终究是一家齐整了。老屋两居室，瓦片屋顶，水泥地面，门口搭着简易的厨房和卫生间。这在当时居民生活条件都差不多的情况下，并不算特别窘迫，但因为左右无邻，显得尤为孤寒。屋前是母亲用篱笆围起来的一个小菜园，种些平常小菜补贴家用；屋背后是一条通往山顶的小路，父母常常背着些松枝柴火从那里下来；左边是地质局一个大大的实验室仓库，从窗子里看进去，灰扑扑的玻璃试管、瓶瓶罐罐长年躺在架子上；右边是空旷的山野，走十多分钟才会看到一个小小的"军队训练营"，偶尔能看到有士兵在那里训练，鬼知道他们什么时候来什么时候走，父母也没指望他们来保护我们家。所幸，在老屋的坡底下，有几家居民，夜晚，看到脚下星星点点的灯火，才不至于害怕。

搬离老屋，我们住到了单位的宿舍楼，这才有了市井生活的感觉。有了抬脚就能串门的邻居，阳台上种起了赏心悦目的鲜花。我也有了自己的床和书桌，睡觉前，我自己看书，入梦前，书本滑落枕边。因为宿舍楼靠近北山公园，夜深人静时，能隐隐听到公园那只老虎的咆哮声。那个时候，我已经长大了，不再害怕老虎，躺在暖暖的被窝里，听到那声音竟然觉得凄凉。不害怕的原因还在于，我时常跑去北山公园玩，认识那只咆哮的老虎。那是公园里唯一的一只老虎，身形并不像父亲故事里的那么雄壮，眼睛也没有手电筒光般大。人们围着它看的时候，它就在笼子里转来转去，一声不吭，好像总是在寻找一扇出逃的门。调皮的小孩用食物扔到它身上，它也不发威，只是甩甩尾巴躲到另一边去。我不怕它，敢跟它的眼睛对视，就像是在看一双猫的眼睛。它在深夜里咆哮的声音，总会让我难过，心下盼望它能快快找到那扇门，勇敢一跃，回归自由广阔的森林。

工作后，我离开了这个城市，到了更大的城市生活。有一年回家探亲，陪父母聊天，忆苦思甜，兴致起，爬到那座久违的山腰上，竟然看到老屋还在。房地产商还没来得及开发那一片区域，让它空荡地闲置到了新世纪。野地里孤零零的一间旧屋子，想象一下，在乌漆麻黑的夜晚，父亲在里面给一个几岁大的女孩讲老虎的故事，怎么会不害怕？我问学历史专业的父亲，肚子里明明装着那么多历史故事，为什么非爱讲这种毫无根据的老虎故事？事实上，很早以前我就已经能判断出这些故事的虚假性。仿佛被人翻起某个不堪的旧账，父亲尴尬了，承认那些故事都是自己不经大脑的随口胡诌。

那个时候，为了能离开地质队，为了使我们尽快搬离这间孤寒的老屋，父亲跟很多创业的年轻人一样，每天疲于应付工作之余，还耗神写作谋求改变命运的机会，哪里有多出的精力重新编织睡前故事？彼时，我已深谙谋生之不易，迅速感同身受，进而又想到，一贯瘦弱的父亲，偏要去虚构一个亲身打虎的英雄故事，是否亦需在那些暗夜里为自己壮胆？我似乎倒推出了我胆小的天性源自于父亲的基因。母亲却坚决不认同，她说，父亲是个勇敢的人，在老屋住的那些年，父亲总共捕捉了二十多条威胁到我们居家安全的蛇。实在难以想象，父亲一介书生，多愁善感，甚至在我看来是胆小怕事的，竟曾有过那么多次的临危之勇。然而，在成年之后得知父亲的这些勇敢，却并未引发我的感佩和骄傲，更多的是唏嘘和感伤，甚至希望这些勇敢从未发生过，一如父亲虚构过的打虎故事。

　　进入本命年，不时反躬，我这只大猫依旧胆小，但已不再对此纠结。人到中年，品嚼世事有了自己执拗的角度，在我看来，勇敢的背面不是胆小，勇敢的背面是被庇护、被爱、被尊重。我感激并庆幸，我这只大猫得以活在了勇敢的背面。

像麻将一样整齐

妈妈六十岁生日的时候，全家的孩子都回来了，围坐在客厅里，妈妈说，像麻将一样，整整齐齐。爸爸很郁闷地说，你们妈妈现在看什么完整的东西都用这个形容了，像麻将一样整齐。

我们全笑。

投妈妈所好，我们将生日晚宴设在一间有自动麻将机的包间。听哥哥说，这是我们还没回到家的时候，爸爸提前一周到酒楼订好的。要知道，我的爸爸，是最痛恨这些类似扑克、麻将等娱乐的，每当他看到别人围坐在一起打扑克或者搓麻将，时而专注得恍若出世，时而喧嚣得如入市场，总是会表现出一副痛心疾首的样子，然后愤愤地摇着头说，浪费生命，浪费生命啊！也正因为这样，我们几个孩子因为偷偷打扑克，不知被烧了多少副牌，挨了多少顿"猪肉炖粉条"。

在外人的眼中，爸爸其实是个典型的文人，甚至有着比一般文人更"文"的性格。他在一家报纸编副刊版面，每天都跟一些文学作品打交道，交往的人也大都是一些文学爱好者。爸爸平时的话不多，除了跟别人谈论文学的时候。在我少年的记忆中，经常会出现这样一幅画面：每到周末或者节假日，爸爸就把从潮州老家带回来的一套精致的工夫茶具摆开，并且吩咐我妈妈准备好小茶点，陆续地就会有文学爱好者到我家，围坐在一起，边喝茶吃点心，边大谈文学。这样的聚会，往往能从上午持续到深夜。那个时候的爸爸，神采飞扬，话说得特别多。在那个物质匮乏的年代，这样的"小沙龙"，似乎对他们而言，是一种无比奢侈的安慰。妈妈经常抱怨说，你们的爸爸只有在谈文学的时候，才舍得浪费时间和唇舌。

文人爸爸不太容易生气，总是文质彬彬，跟他鼻梁上架着的眼镜非常"配套"。可是这种文人气质，在发现我们兄妹三人围在一起打扑克的那一瞬间，立即荡然无存，俨然一个"暴君"。真的，用"暴君"这个词来形容他的惩罚，一点都不为过。印象最深刻的一次，是放暑假，我们兄妹三个在家里，先是装着很认真地写作业的样子，等到爸爸前腿跨出门上班，我们就把作业本一扔，把藏在床底下的扑克牌艰难地取出来，打牌打得天昏地暗。我们算好了，爸爸下班的时间是十一点半，从单位走回家约十五分钟，那么，只要我们在十一点之前结束"战斗"，再装出做作业的样子，一切就像没有发生一样地安全。我们一直是这么干的，爸爸也从来没有发现过。可是，那天，爸爸不知道为什么忽然中途回来了，而我们打牌太投入了，以至于完全没有听到爸爸开门的声音，甚至连他走到我们身后的脚步声也没有听到。

"你们几个在干什么！"

直到一句充满了暴怒的声音在我们身边响起，我们才看到爸爸一张暴怒的脸。

当时的恐惧感至今还很清晰。我们来不及做任何反应，甚至连害怕的时间都没有，三兄妹呆呆地原地不动。

爸爸一阵风似的先把桌上的扑克牌"收拾"起来，所谓的"收拾"，就是把这些在他看来是罪恶的东西，扔到灶上，一把火烧光了。我们在目睹爸爸烧扑克的过程中，心里只有一个共同的想法——不知道接下来该如何逃脱爸爸的惩治。"收拾"完扑克，爸爸就转过来"收拾"我们。他让我们都跪在地上，然后用一根小藤条，在每个人的屁股上"扫荡"。一边"扫荡"还一边骂我们不爱惜时间，玩这些世界上最没好处的游戏。我们三个都哭了，现在回想起来，不仅仅是因为屁股上所受的皮肉之苦，更因为那种被忽然"袭击"和"收缴"的恐惧。

一直到我们读完书，工作了，"逃离"爸爸的视野了，在跟别人打扑克打麻将之前，我还会下意识地看看四周环境，唯恐"杀"出一个"暴君"。

今天，当我们一家人围在一起打麻将的时候，我的爸爸通常就站在麻将圈的外围，并不看牌，只是晃来晃去，累了，就坐在沙发上，翻着他毕生爱看的书。我想他也看不进多少，耳朵总是竖着，听到谁叫"和了"，就扔出一句："妹妹又赢了？"话语中，带着不愿意脱离群众的勉强。

等牌的间隙，我看到我的爸爸，在麻将哗啦啦的碰撞声中，显得很萧索，甚至有些落寞。

从前为了讨爸爸的喜欢，我们几个小孩，争相把每天规定背的唐诗宋词都背得整整齐齐，一字不漏，尽管还不完全领悟其中的真意。现在，爸爸只要看到我们几个，像麻将一样整齐地围在一起，一张牌都不少，就欢喜了。

记得爸爸发现我们打牌，在严厉惩罚之后，盛怒之余，总是要用这句话来结束"打牌事件"——他说，梁启超说：只有读书可以忘记打牌。那时候我们经常私下嘀咕，认定梁启超肯定是因为打牌总输，才跑去用读书忘记打牌的。可是我哥哥也质疑这个说法，他认为，人应该是愈是输红了眼愈想再打，打到赢回来为止，哥哥还经常拿我当例子来证实他的判断。

若干年后，当我在梁启超的书里翻到这句话时，才恍然有悟。我的爸爸，只说出了前半句话，后半句打住了。梁氏的后半句是：只有打牌可以忘记读书。

水落石出。一贯提醒我们不可以断章取义的爸爸，为了阻止我们打牌，居然这样隐瞒了话语的真相。

然而，此时我们都已经长大独立了，想什么时候打牌、想跟谁打牌都没人干涉了。而爸爸也不再引用梁氏的上半句话了，所以，这后半句话，我一直没跟爸爸讲，也没机会讲，只让它们继续断章取义地记在我的心里。

无论如何，当我们几个孩子整整齐齐地坐在爸爸的视线里，过着妈妈整整齐齐的六十岁大寿，我想，爸爸心里的话，一定已经凑齐了。

阳台上的花

　　意识到母亲喜欢花，已是她退休的时候了。记忆中，我们家阳台上也种植物，但很少见到花。在有限的花盆里，小葱、小蒜、小辣椒、芫荽这些与其说是常见，不如说是常备。厨房里，主菜炒起来了，母亲会命我到阳台摘几根小葱或小辣椒，洗洗，直接放到锅里。"物尽其用"四个字，被母亲一辈子奉为人生信条，也将母亲训练得心灵手巧，家里很多淘汰的旧物都被她不厌其烦地改为他用。

　　母亲不种花，可能也觉得花不好伺候。我们一家五口人，父母上班，孩子上学，并没有多余的时间来养花。种下的花如果不开花，还不如种小菜。母亲种菜是很积极的。小时候有那么几年时间，我们家安在一个半山腰的独间平房。房前有一片平地，被母亲用篱笆围成小菜园，里边种了不少蔬菜瓜果，基本上可供应一家人的日常需求。印象最深的是葫芦，藤蔓攀在篱笆上，果实藏在叶子下。我们三个小孩子会挑选出自己喜欢的小葫芦，用一根针，在葫芦瓜上歪歪扭扭地写下自己的名字，然后比赛哪一只长得又快又大，就像比赛自己的身高一样。母亲很懂种菜，在她特别的照顾下，刻有我们几个孩子名字的葫芦瓜总是长势喜人，最终结出了皆大欢喜的果实。而刻着父亲母亲名字的那几只葫芦，远远落后于我们。我们欢天喜地地将自己的葫芦摘下来，挂在屋角，让它们跟我们的名字一起晒干、变黄，最终成为书桌上的摆设，权当一束不会凋谢的花。

十七岁那年夏天，我到桂林读大学，父母送我去报到，趁机游览一下桂林山水。那是我第一次跟父母出远门，应该也是父母第一次一起出门旅游。我们住在一个简陋的小旅馆，窗外可以见到清澈的漓江水。旅馆对面有一个花坛，母亲在那里第一次看到了一种奇怪的花。小小的五瓣花瓣，组合成一张人的脸谱，有眼睛有鼻子有嘴巴，五官是深紫色，脸膛是浅紫色或嫩黄色。我们第一次见到这么有趣的花，就像花坛里有一个小人国。母亲对花的知识匮乏，直接称之为"人脸花"。每次进出旅馆，我们都要去看看这些有趣的"人脸花"。分别的时候，母亲想找找有没有种子可以带回家，找了半天没看到一粒果实。突然，母亲指着一簇角落里的花，说，这五朵，像不像我们一家？那五朵花挨得特别近，都快叠到一起了，上边两朵稍微大一些，浅紫色的脸膛上有着近乎墨色的五官，下边三朵大小差不多，嫩黄色的脸膛上，五官是浅浅的紫色。我和父亲都笑了，说像。我用手指点着那些小脸数过去，这是我，这是哥哥，这是姐姐。数完，我的眼泪就流了下来。那之后的许多年，离别、想家成为一种习惯。后来，在一些地方，我多次看到过这种"人脸花"，每次看到，我都会朝这些"小脸"会心一笑，想起那年小旅馆前的"一家五口花"，想起我们一家五口人。

母亲退休之后，阳台慢慢开始种起了花，盆栽从实用转变为审美。种的都是些好养的花，茉莉、海棠、三角梅、芍药、桂花之类。阳台角落还留着几棵实用的小葱和辣椒，稀稀拉拉，枯老了也没被摘下放到锅里。年份最久的当属那株海棠花。花树不高，却很结实，主干已经比我的拳头还粗。每年过年，它都不辜负花期，准时开起了红艳艳的花朵，仿佛要跟我完成一个共同的约定——每年过年回家后，我会挑一个阳光充足的中午，搬两张小椅子，让父亲母亲坐在这株海棠花下，我一点一点将他们花白的头发染黑。阳光把海棠花照得通红，也将父母的衰老照得纹路清晰。我站在他们背后，既感伤又幸福，虔诚地祈祷年年岁岁都拥有这相同的一幕。

除了在阳台种花，母亲也喜欢用花瓶插花。但我从来没在家里见过"人脸花"。近些年，家乡过年流行一种"年花"——五代同堂果。黄灿灿胖乎乎的果实，浆汁饱满，寓意子孙满堂，老少安康。去花市买一枝回来，不用费心管理，可以观赏半年之久。母亲会挑果实多的那一枝买回家。有一次，我用湿布给这些果实"洗澡"，指着最大的那两只说，这是爸，这是妈，然后又分别按个头指定了我和哥哥姐姐。母亲一听，笑了，看看那两只最大的果实，说，不像，现在我们家里，我和你爸最瘦。我愣了好一会儿，夸张地提高嗓门说，再瘦也是最大的。

今年，在小区散步的时候，突然发现围栏下新摆了一溜花盆，花盆里边挤挤挨挨地开满了一张张"小脸"。整齐的五瓣花瓣，嫩黄、粉红、紫色的脸腔，颜色各异，风一吹，像笑脸。我也笑了，站着看了很久。手机里有一款植物识别软件，几秒钟之后，我得以知道，"人脸花"真正的名字叫三色堇，花语是——请思念我。我在微信上把照片发给母亲看，她高兴地说，你们那里也种"人脸花"啊！我暗自偷笑，并没有纠正母亲。这种花，在我们家就叫"人脸花"，早在很多年前，我家这位无暇养花的"花盲"，竟然无师自通，为我正确读出了那些"人脸花"的花语——请思念我。

在七彩的围裙里

在我家的厨房里，锅碗瓢盆，唯一的色彩就是那条挂在墙壁的围裙，搬家数次，却从没有丢失。那是一条具有少数民族风格的如壮锦般多彩的围裙，仔细看，还有一个穿着民族装的少女，也是各种色块包裹起来的形象。煮饭的时候，我几乎不怎么挂围裙，潜意识里，大概是对"家庭妇女"这个形象有障碍？但是我却一直把这条五彩斑斓的围裙挂着，等锅热、等汤滚、等菜熟的那些短暂时刻，我会站在厨房里，看着围裙上的图案和色彩，就像欣赏一幅画。

这是我结婚的第一年，母亲送给我的礼物。记得当时父亲看到我在厨房里忙进忙出，忽然很复杂地说了一句话："你也跟你妈一样，会烧饭了。"我才意识到，这是我头一次烧饭给他们吃。那之后没几天，母亲就在街上买了这条围裙送给我。第一眼看到它，是很刺眼的，不仅是它的鲜艳让我觉得老土，而且，它的女性特征实在太明显了。母亲长年的厨房形象立刻从这条围裙上跳了出来。母亲大概不知道，在我的成长过程中，多少次我跟姐姐因为她的唠叨而偷偷一起发过誓："长大以后，绝不做一个像母亲这样的家庭妇女。"

那么，母亲是一个怎么样的家庭妇女呢？我们一直嘲笑父亲，他在家里就是个典型的"甩手先生"，啥都不用干，也不会干，工作八小时之外，就是读书写作，然后管理管理孩子。

母亲就是一个使父亲成为那样"无用"的人的家庭妇女。

20 世纪，大概每个家庭都有这样一个家庭妇女吧。然而，母亲却还是有不一样的地方。在那个物质匮乏的年代，我和姐姐哥哥的衣着打扮却会比食物还多元。并不是我们比别人富有，而是我们有一个手巧爱美的母亲。我们的服装"made in"母亲，母亲踩着缝纫机咔嚓咔嚓赶在节日前为我们做好新装的镜头，是我对"临行密密缝"的最贴切的理解。一件的确良白衬衣，会不甘平庸地在领口、袖口绣上天蓝色的边；一件简单的套头毛衣，会在胸口编进一只立体的小花猫，眼睛是闪亮的扣子；一件冬天的短大衣，领子、袖子、衣角用白绒毛围了一圈，就像扯了云朵来陪衬……这仅仅是细节的讲究，还有母亲那些大胆的服装设计，实现在我们身上，从简约的西装短裤到繁复的公主塔裙，使得我们在当时的孩子中，已经属于"前卫"了。我们总是会听到一些不认识的大人说："呀，这孩子的衣服真好看。"

母亲就是一个使孩子们成为那样"虚荣"的人的家庭妇女。

母亲爱美，我猜大概是跟她过去的生活经历有关。母亲曾经是文工团的演员，演过很多样板戏，在少有的几张保留下来的剧照里，有一张她演《霓虹灯下的哨兵》，挺像陶玉玲演的"春妮"。对于那段演员生活，母亲很少提起，她说得更多的是那时候亲历的荒唐事，都跟时代有关。我们曾经开玩笑地追问母亲："老爸当年是怎么追美女的?"母亲不好意思地笑着说："那个时候，有什么美不美的? 人人都穿得灰不溜秋，看着都差不多。"母亲说，那时候，她喜欢白色，那是街上唯一的浅色，别无选择。我曾在书上读到，张爱玲弟弟最后一次去上海找姐姐，她已去香港了，在街上，他看到满眼都是穿人民装的人们，想到姐姐曾说她死都不会穿这样的衣服，难怪她走了。爱美的张爱玲可以选择逃离，爱美的母亲却只能在那样的恶时辰里，挑一件明亮的白衬衫。

母亲对色彩特别敏感。记得我们家有一张被单，上边是一幅图：红太阳升起在连绵的群山上，山下是水田，田里有农民和牛在耕作，山路上，有几个挑着担子的农民。母亲很喜欢这张被单。晚上睡觉的时候，我们几个孩子就钻进被子里，把被子撑得高高的。母亲跟我们躺在一起，用手电筒照着这幅画，给我们讲挑担茶叶上北京的故事。那时候，我还以为故事都是母亲杜撰的，后来才知道，那是当时流行的一首歌。不过，那张被单被母亲"修改"过了——她把天空那几只灰色、黑色的鸟，用绣花针改成了五色鸟，看上去漂亮极了。

哪怕仅仅是一点点的修改，也如涟漪一般，母亲爱美的意志，在我们的生活里泛起了一圈一圈的影响。如今，我们都长大了，对美有了不同的理解。有过那么一段时间，我很不屑于母亲对色彩的爱好，我自以为很"文艺"地喜欢黑、白、灰这样的色调。跟母亲逛街，母亲为我挑的那些衣服，无一件不被我鄙夷地"枪毙"掉。渐渐地，母亲不给意见了，她说，你们长大了，我跟不上潮流了。不过，母亲却并没有放弃她对于美的建设。在我和哥哥、姐姐各自的家里，都能找到母亲的手笔：一只便携保温杯的套子，是母亲用毛线织的，上边有动物图案；一只挂卷筒纸的套子，是母亲用花布做的；茶几抽屉里，一大排整整齐齐的五彩小纸盒，是母亲用广告传单折的，用来一次性地装果壳皮屑；沙发上，窝着母亲织的居家披肩……最为醒目的是，在墙上，挂着母亲的十字绣，给姐姐的是一幅牡丹，给哥哥的是一幅紫罗兰。

我搬进杭州的新家后，母亲和父亲来住了几个月。大概是因为新家的缘故，母亲给我绣了一幅"余福满满"，四条鱼围着一个"福"字。虽然它看起来跟家具的色调、风格的确格格不入，就像母亲担心的一样，但是，我还是坚持把它挂在了客厅的墙上。有朋友来玩，几乎都对它产生了兴趣，大概因为它抬头必见，大概也因为它的——突兀。我有点不好意思地解释说："这是我妈妈绣的。"当我电话告诉母亲这件事的时候，母亲却显得比我更不好意思："他们一定说，那么老土，你妈妈。"不知道为什么，这句话让我伤感了很久。

在锅里的热气开始缓缓蒸腾的时候，我会看看那条母亲送我的围裙，数那上边的颜色。我会想念她，这个坚持存着美这件事情的家庭妇女，即使在那些不美、不好、匮乏的光景里，心里却在一直绣着这些颜色。

梅 二 冬

土耳其人爱猫，他们将猫视为负责替上帝送信给人的使者。照这么说，猫一定知道很多，人类在与一只猫相处的过程中，一点点接收到了那些传递过来的信息。类似的话，我在安徽农村的一个说法中得到了印证，他们认为猫闭着眼睛，似睡非睡，喉咙里发出咕噜咕噜的声音时，就是在念经。梅二冬也念，但并不经常。在飘窗上、暖气片边、地毯一小摊还没移走的阳光里、任何半包围结构的区域、并拢起来的柔软的人腿间……我多次仔细聆听，试图从它神秘的念唱中得到一些关于烦恼人世的启示，最终我的认真都松弛为慵懒，在它均匀动听的咕噜声中，眼皮慢慢沉重起来。嗯？确定这就是上帝的意思？

梅二冬是典型的处女座猫。这是多么令人头疼的一件事情。静止的水不喝，掉地的食物不吃，借去垫过的小毯不用，有异味的手不许近身……它的洁癖到了令人发指的程度。大概听惯了那些到访者对它颜值发出的赞美，它洞悉了有颜值得天下的法则（它先是用粉鼻子和洁白的肚腹征服了我家"直男"先生，稳稳占住了家庭地位和地盘）。它懂得了欣赏自己，爱惜皮毛到了自恋的地步。即使嬉戏到了高潮，身上某一部位被什么异物刮擦了一下，它奔跑的"四驱"随时随地都会来个急刹车，宁可终止这些愉悦，也要花工夫将那个部位的毛发舔净，事实上那个部位什么痕迹都没有。最常见的是，在吧嗒吧嗒吃它最爱的肉泥时，有那么一丢丢末子溅到了胸前，它亦会打断自己的食欲，艰难地伸长舌头，舔掉胸前那点"饭粒"，就像对待一件第一次穿的白衬衫。很多时候，我心里暗戳戳自责，对于一只男猫，"梅二冬"这个娘娘腔的名字是否间接导致了它的自恋？

梅二冬是一只胆小如鼠的猫。自从它在我们家住下之后，除阳台门和大门，每一个房间的门就没能再闭紧过，包括厨房、卫生间。如果门缝留得小一点，它一定会直接站起来，毫不客气地用前掌推开，或者用脑门拱开。它很快掌握了跳起来拉门把手的技术，最终大摇大摆闯入，直接蹲在马桶边或者浴室玻璃门边，赤裸裸地盯着你，那闯入者的眼神常常让人觉得尴尬，老天，它都看到了些什么？它这么做并不代表它有多么黏人，只是不肯让我们消失在它的视线范围内，它认为门是最不安全的东西。

胆小者往往怕事，但梅二冬偏偏又好事，任何不明的动静、不明的事物出现，它都不放过，压低身子，慢慢匍匐前往，一探究竟，结果往往会把自己吓得四处逃窜。有一次，它在柜子里摸索到一只空塑料袋，稀里哗啦地玩了起来，没想到脑袋被袋子的提手绞住了，它吓得满屋子狂奔，边跑边咆哮，像戴着头盔气鼓鼓的堂吉诃德，任我们四处堵截也停不下来。一直逃到体力不支，屁股顶在墙角才停下来，嘴巴在塑料袋里呼呼出气以壮胆，不明白那个看不见的敌人是它自己。等我们帮它从袋子里解脱出来，它的威胁变成了瑟瑟发抖，人见人怜。先生将它抱在怀里安慰，不到半分钟，它一泡热尿回报恩人，也顾不上什么洁不洁癖。从此，再也不跟塑料袋玩了。为了照顾它的尊严，我们从不当着它面讲它被吓尿的事，一只塑料袋如果碰巧落在它跟前，我们会心领神会默默将其收走。

当然，梅二冬也懂得勇敢。一些夏天的小咬钻进家里，它身手敏捷，屡屡捕获，吧嗒吧嗒，入口即化，牙缝都不够塞的。隔着纱窗，它喉管里发出激动的抖音，也曾好几次吓跑过正在翻食花盆里猫草种子的松鼠。有一个傍晚，它在客厅上下求索半天，伺机猎杀一只大虫子。只见它盯着柜顶，锁定目标，尾巴高频率甩动，仿如助跑。果然，一起跳，一巴掌拍下了那只正在企图蒙混进一排书脊的大虫子。大虫子落地，四脚朝天。不料，获胜的梅二冬竟掉头落荒而逃，就像又被一只塑料袋蒙住了双眼。很快我就闻到了一股浓烈的臭气。这只臭屁虫放屁打败了梅二冬，正躺在地上仰天大笑手舞足蹈。如此洁癖的梅二冬哪受得了这种浊臭，一味躲在隐秘角落干呕。唉，我只好慰解它："这种下三烂的打法不配赢的。"

我喜欢在朋友圈里发发梅二冬的照片，时有收到赞美，虚荣之余不免心虚。静态看它卖萌的样子，清爽傲娇，也算是体面的公子哥儿，线下实则糗事一大箩，叛逆、霸道、搞破坏、一根筋，每每让人担惊受怕。算了，猫仗人势，家家都有本难念的经。

麦克尤恩的小说《猫》里，少年彼得与他的老猫互换灵魂，为临终前的老猫打赢了猫生中最后也是最尊严的一战。如果我与梅二冬互换灵魂，它最想要我替它完成的心愿是什么？我猜想，它恐怕最希望教会那两个与它相依为命的男人和女人一些猫的语言，因为它最大的困扰是，这两个整天围着它转的傻瓜到现在连最简单的一句"喵"都听不懂。它不想每天都那么麻烦地用嘴巴叼些心爱的小礼物到他们跟前，让他们知道，这些东西是——爱与欢喜，同时，让他们相信，这就是上帝想要它传达的信息。

掌上开花 ◎

小黑弟弟

小黑弟弟目测不到一岁。遇到他的时候，肚皮瘦得像刀片，通体黑毛都遮盖不住一身骨架，如果不是一双圆溜溜的大眼睛，他看起来有点凶的。不知道什么时候开始他在我们单元楼下徘徊，而且不怕人，懂得朝人喵喵，释放出与人社交的信号。据说猫与猫之间的交流，并不会喵喵叫。假如听到猫发出喵喵的声音，他们多半是认出了你——这种他们以为可以仰仗的人类。

小黑占据了我们楼下的地盘，朝每个进出的人喵喵，以此获得善良人的喂食。每天吃过晚饭，我用一次性纸碟装上猫粮，下楼如果没看到他，只要稍站片刻，朝着远处喊几声"小黑"，必能看到一条黑影，屁颠颠一路小跑过来，边跑边发出因为跑动而发颤的欢叫。我不确定他是否知道"小黑"就是他，他应声而来，跑到跟前，先是用脑袋蹭我的腿，接着在地上打滚，朝我亮出他隐秘的肚皮。如果我故意逗他，不把食物放下，他就会双腿直立尽量站得高高的，用两只圆溜溜的大眼睛盯着我，萌态可掬，叫人不忍再捉弄他，乖乖将食物送上。

　　放下小黑的食物，我会在小区散步消食，留他独自享受美食。走出好几步远，还能听到他咀嚼时发出嗷嗷的满足的声音，我的心情也随着生起岁月静好的满足。

　　如此喂养有一个多月，眼见小黑的肚子慢慢圆润起来。有天，把食盆放下，照常去散步，不到一百米，想起忘带耳机，又折返回家。走到楼下，竟然目睹到一场战争。小黑的食盆边，一只花脸猫，一只大黑猫，在距离小黑不到一米的地方，发出此起彼伏的呜呜叫，叫声震天响。三猫对峙，小黑从小小的胸腔发出压抑的呜叫，只坚持了一会儿，便寡不敌众，仓皇逃窜。我赶过去，那两只猫见人即闪。食盆里还没吃到一半。我呆呆地站了一会儿。哪里有什么岁月静好？在我转身看不见的地方，原来是一次次争食之战。我朝远处喊"小黑"，这次，等得久了一点，那条小黑影还是欢呼着回来了。我一直站在小黑身边，打算等他吃完。小黑吃得很没有安全感，吃两口，就抬头朝四处张望，耳朵雷达般前后左右摆动，边吃边发出那种低低的、急切的呜呜声，那是一种软弱的威胁。我想，他一定闻到了伺伏在周围的危险气息，那不远处低矮的草丛里，一定有一双双虎视眈眈的眼睛。

　　此后，我喂小黑，都站在他身边，为他赶走同族的觊觎，以家长的身份撑腰，直到他咽光最后一口粮。但我万万没想到，这种做法给小黑带来的却是灾难。

我们这个单元楼因为小黑的食盆成了猫族的战场，他们抢地盘，先是低声商量，互不妥协，然后高亢地威胁，继而大打出手。无论白天还是夜晚，叫声惨烈，震慑人心。有时我在书房写作，听到楼下战斗打响，赶忙下楼干预，不过，待坐回电脑前一小会儿，那些被我驱散的猫又聚拢来，重新开战。物管工作人员有一天敲我家门，说有人投诉我喂流浪猫，弄得猫犬不宁。我自知理亏，于是想了个新办法，将小黑引到远离单元楼的一个河涌边，那里没有住宅区，估计他的同族也不会在那里出没。这一个多月来，小黑对我已经建立了坚实的信任感，我拿着食盆一路走，他也一路跟，竟然没跟丢。河涌边四下无人亦无猫，小黑也不见得吃得很放心，大概是新环境不适应，但总归是独自能吃饱了。吃完，他赖在我脚边，心安理得地舔毛，一扫我此前那些忐忑。

没想到在河涌边吃过几次，又被那只每日盯梢的花脸猫跟过来了。她总是蹲在离我们不到五米远的地方，眼巴巴地看着，尝试亦步亦趋接近。出于一种护亲扶弱的人类本能，我竟然狠心地捍卫着小黑的食盆，从不容许花脸猫挨近半步。直到有一次，花脸猫看着大快朵颐的小黑，竟然朝我发出两声低低的"喵喵"，她叫得很陌生，似乎是在模拟小黑的叫声，眼中闪烁出一种软弱的、服膺的光。我不止一次看到过她朝小黑叫嚣的样子，毛发耸起，目露凶光，眼前的她跟那只母夜叉判若两猫。这叫声使我对她产生了歉疚。在她的字典里，本来就没有"喵喵"二字，她在后天里没能驯化成与人相识、交流，更遑论信任、依赖，但这难道不是一只猫的先天？人总是容易被那些向自己低头甚至谄媚的姿态俘虏。动物从来没有这个法则，他们按照自己的天性攻击、争夺、死守，直到头破血流也不明白。

"喵喵"，只是为了一口吃而已。我为自己的狭隘羞愧得掉眼泪。眼前的小黑和花脸猫，到死也理解不了这个在它们面前抹眼泪的女人。

那次之后，我打定主意，带上两个食盆，一只给小黑，一只给花脸猫。但是，我这个想法最终没有得到实现。我再也没看到过这两只猫。几天之后，我在楼下一块隐秘的石头上，找到了小黑弟弟。他已经听不到我喊"小黑"，再香喷喷的猫粮也无法唤醒他。我也再看不到那条可爱的小黑影一颤一颤地喵喵欢叫着奔向我。他死于一盘掺入了毒药的甜蜜诱惑，死于对人的信任和依赖，而不是同族的威胁。说实在的，那一刻我被吓傻了，怔怔地看着眼前那条冰冷的黑躯，就像看着一个死去的老友、亲人。我害怕得像一个凶手，奔跑着逃离现场。回到家，闭紧门，我才敢哭出来。

我自责过很多次，如果不是我为小黑弟弟养成的这种"习"与"惯"，就让他接受自己的宿命，像成千上万的流浪猫一样，觅食，争地盘，苟延残喘两三年，最终死于饥寒交迫，他会不会更快乐？他会不会也能基本地、自然地完成他的流浪猫生？如果是的话，那他朝我毫无保留地打滚、翻肚皮的那些时刻，是不是就不能称之为快乐？对于他来说，我是多么危险的存在。

隆冬，窗外飘起了雪花，小区里不时还能听到流浪猫的叫声，我无法判断他们是在求救还是撒欢。事实上，现在我走在路上，遇到一只惊慌避闪的流浪猫，我只敢用余光去追随，假如他朝我喵喵叫，我就会狠着心转身，逃得比他们还快。我怕自己那些垂手给出的善与爱，施予的不是简单的一饭一水，而是更多的伤害。

一位戎马一生的老将军曾经跟我说，自从养了一只柴犬之后，人变得柔软多了。我渐渐害怕这种柔软。我暗自发誓，如果可以选择的话，下辈子当一块石头好了。然而，石头也有可能会遇见流浪猫一次次的弥留之际，那么，如果这真是一种宿命的话，我想，我转世的那块石头，一定会释放出自己最大的热量，温暖地拥抱它们。

一次拥抱

　　十七岁离开家乡去读大学，就注定成为这个车站的常客。二十多年来，我对家乡的回忆，出现最多的便是这个车站。因为，它是我归来时第一眼看到父母的地方，也是我离开时最后一眼看到父母的地方。也因为，这个车站是家乡唯一通向远方的出发地——这些年，我一直在远方。我习惯了在这个小车站里找父母。父母也习惯了迎接那个一脚跨下车门，拖着旅行箱的女儿。尽管，岁月让这三个人一点点地变老，可是，这些习惯却没有变老，相反，一次比一次让人感到心跳。

　　父亲曾经跟我说过这个车站，不过，跟我没有关系。那时候，我还不懂得什么是别离，什么是团聚。那时候，"你还必须闻着母亲的一件旧毛衣才肯睡觉"，我父亲这么说着，脸上露出怜爱的笑容，仿佛相比起现在，他跟那个时候的我更近。父亲说就是在这个车站第一次见到了他的父亲，也就是我的爷爷。

　　我的爷爷在我父亲还不满一周岁的时候，就跟随乡里人辗转到泰国扎下了根。他跟当时很多"金山客"一样，在国外打工，然后寄钱回家，一去几十年，有的甚至到死都没回来过。我很小的时候就知道，父亲有一个很黄很旧的"三五牌"香烟罐子，里边装着满满的毛主席像章。香烟是爷爷从泰国寄给奶奶的，烟抽光后奶奶就用它来装首饰——金耳环、金戒指等贵重的东西，那也是爷爷从泰国寄回来的。后来，罐子里的东西被抄家的人全抄走了。"华侨成分"这顶帽子盖在奶奶家的屋顶，奶奶隔三岔五地被游街、批斗，而我的父亲也因为这个从没见过面的父亲，历史系大学毕业后被分配到地质队，满山遍野跑。奶奶到去世也没等到爷爷回来。直到 20 世纪 70 年代末，我爸爸才敢跟爷爷通信，最终等到了八十岁踏上返乡之路的爷爷。"在车站，我举着一块写着我父亲名字的牌子，接到了我的父亲。这是我第一次见到父亲。"尽管那历史性的一刻已经过去三十多年了，父亲依旧心绪难平。"当他拄着拐杖，朝我举着的牌子走来的时候，我又害怕又激动。当他站在我面前，跟我相认的时候，我真想一把抱住这个陌生的老人，这个——我的父亲。"可是，那是 20 世纪 80 年代，人们的嘴巴不会像现在动不动就说"亲爱的"，除了握手之外还不好意思拥抱。在人来人往的车站里，父亲只是久久、久久地握住爷爷的手，身体并没有贴上去。

如果说，一个正常人的童年记忆里都必须出现一个父亲，那么父亲在车站接爷爷的记忆，就算是他的童年记忆吧，那一年，父亲四十岁。

几十年来，这个车站还是有些变化的，扩充了地盘，加高了楼层，开发了长途路线，候车大厅装了冷气，也增加了各种商铺，人变得越来越多。父母一直在这里履行着迎接和送别的仪式。是的，这是一种不可取代的仪式，即使他们如今已经进入老年，行动已经失去了敏捷和弹性，他们依旧迟缓地在人群中，坚持地完成这仪式，等候或者目送。直到某一天，我忽然想起来，其实我从来没有很好地完成过这些仪式，我从来没有在车站给过他们一个拥抱，就像电影里看到的那些场面一样。

这些年，人们相见或相送逐渐喜欢拥抱。在各种活动、会议的场合，我跟那些人拥抱，刚认识的、久别重逢的，真真假假、半真半假，拥抱跟握手一样来得轻易。可是，我觉得，跟父母拥抱并不容易。我的确想过在告别的时候，跟父母拥抱一下。可是，站在吵闹的人群中，父母总是装作很轻快地嘱咐我这这那那的，尤其是我的母亲，总在细细碎碎地说着那些不知道说了多少遍的话，父亲则在一边微笑着颔首附和。不知道是不是故意，他们不让我插入一句话，我只有点头听命的分儿。很多次，我在想，我是否可以用一个拥抱打断他们的话？他们是否会被这突如其来的隆重给吓住？要知道，他们都是老派人，一贯内敛。

最近一次回家乡看望父母，因为父亲身体不适，我多待了一段时间。离开的时候，父母不听我劝告，依旧固执地要到车站送我。站在陆续上客的那辆大巴前，父母跟过去不太一样，话少了许多。没有话，我只好一眼一眼地看着他们。他们真的是老了，人也矮小了一些。想到我一次次从这里出发到远方，扔下他们在这里，每天看着我所在那个城市的天气预报过日子，或者在报纸杂志里寻找我的名字，比起不舍，我的歉疚更多。就在这些复杂的沉默中，我终于伸出手，抱住了我的父亲，然后又抱住了我的母亲。我不知道我有没有说什么，如果说了，也只能是个别的单词，因为我已经哽咽得忘记了一切。果然，父亲和母亲被我的拥抱吓了一跳。父亲尽管眼睛红红的，但还是难为情地说了一句："傻孩子。"母亲则顾不得难为情了，她跟我一样，用手背擦着眼泪。

我在泪眼中，还是看到了那些奇怪地看我们的人。在我们这个小地方，在这个小车站，人们会自然地将眼前这场景归为"戏剧性"，电视上才会出现的，或者，按照自己的常识，他们将这样的举动理解为一个小孩子向父母撒娇。要知道，一个成年女人，众目睽睽下向一对老年人撒娇，拥抱，哭泣，实在有些怪怪的。

我很快转身登上了车，找到靠窗位置坐了下来。再望向窗外的时候，发现只剩下父亲一人了。他不知所措地朝我这边看看，又朝不远处的一根柱子后边看看，犹豫着是要继续站在这里，还是朝柱子那边走去。我猜，我那一贯粗线条的母亲，正躲在那根柱子背后抹眼泪。我哭得更厉害了，将自己的身体慢慢地滑了下去，一直滑到窗子底下，直到父亲看不见我。我边哭边在心里哀求，快开车，快开车。然而，这车久久都没有开动，乘务员几次跑上来清点人数，告诉大家刚才跑下车买饮料的乘客还没回来。我只好一动不动地将身体窝在座位里，再也不敢将脑袋露出窗口。这过程漫长而难过。好不容易等到那个乘客上车了，车门即将关闭的时候，我听到一声熟悉的叫喊，我本能地站了起来，只见我母亲迅速地跨进了车，她看到我了，她麻利地向我走来，将手上一袋东西塞到我手上："路上吃，别饿着。"她又麻利地返回到车下。她那矮小的身体表现出了一种奇怪的敏捷，就像一个年轻的女人。

　　几乎在我母亲跨下车的同时，我就听到了汽车发动的声音。整个车子抖起来了，它跟我的身体一样。那个袋子里装着热乎乎的几只茶叶蛋和熟玉米，是母亲刚才趁等乘客的时候，急急忙忙跑到候车大厅买的。

　　车子开出了一些距离，我才敢看出窗外。在我模糊的视线里，父母已经小得像两个儿童的影子。

写在水上的名字

对于游客来说，杭州这座城市的诗意，大多来自于他们所慕名而来的西湖、运河、钱塘江。江南水，的确是最能氤氲出诗意来的。杭州城区里大大小小三千多条河道，清水如带，风定波平，花树环绕，每一条河道都可以当成一种风景来欣赏。毫不夸张地说，就连河道上那艘窄窄的小船以及船上那个穿着橙色环保服的水上保洁员，游客们都会像欣赏一幅画。他们甚至将那个正撑着一根长长的竹竿，一左一右、一撇一捺地打捞着水上垃圾的场景视为一种优美，惯于联想的人，还会生起些"孤舟蓑笠翁"的矫情来。

"我碰到过有些游客，希望能坐到我的船上来，取景拍照。我告诉他们，这不是游船，是保洁船，我们是捞垃圾的。"在一艘保洁船上，张林祥笑着跟我说，好像我就是那个想要登船拍照的游客。这个看上去虎背熊腰、五大三粗的男人一笑，立即减少了些许威风感——五十岁不到，下门牙竟就缺了两颗，就像守门的将军缺席了两员，或者说，泄露出这个男人的软弱。

在杭州，像张林祥一样干水上保洁的几乎都是外地人，尤其以绍兴人居多，大概就像张林祥说的，因为绍兴人撑乌篷船长大的，水性好，天生能干这个活。张林祥十八岁就离开家到杭州做航道养护工，在运河上漂了三十一年，因为出来的时间长了，绍兴口音已经依稀难辨，一口普通话里似乎什么腔都有。

最初，因为参加浙江省"剿灭劣Ⅴ类水文艺工作者赴基层"采访活动，我在杭州市港航管理局航道管理处认识了张林祥。在管理处办公室的过道上，贴着张林祥几年前参加全国"五一劳动奖章"的颁奖会报道。我凑近去读那张报纸，图片上的张林祥，因为个子高大，在人群中显得鹤立鸡群，虽然照片很小，但我还是能看清他脸上的笑容，双唇紧紧地抿着，下意识地想要掩盖那缺失的两颗门牙。

听我再次提起"劳模"这个称号，张林祥显得很局促，摆着手，好像在推让一件不属于自己的东西。在他看来，自己再平凡不过，除了干得年头久一些，他并不比其他保洁员厉害，捞垃圾也能捞到个荣誉，老家人说张林祥在杭州找到运气了。不过，他的同事们却并不这么认为："老张真的是把运河看得比自己家还重要。"

运河是杭州市的一条大动脉，尤其从鸦雀漾到三堡这段十四公里的水路，既是主要观赏河道，更是主要运输航道。除了保洁养护，张林祥还要参加水上应急抢险，通常是狂风暴雨的半夜三更，张林祥被电话叫醒，十五分钟就能整装出发到达现场，速度之快每每让同事怀疑他时刻都在准备着，就连睡觉也不放松。没有抢险任务的时候，每天早上七点半，张林祥跟同事们一起，准时驾着保洁船出发，一直干到下午四点半回航上岸。

船是那种简易船，船舱里只放着六只塑料垃圾桶，张林祥顶着大太阳站在船头，身穿橙色救生背心，双手拉着一根近三米长的竹竿，竹竿的顶端是一只绿色的网兜。竹竿斜插向水里，随着张林祥手的力量，网兜在河面上翻转、扑捞，运河上的垃圾最后都终止了它们的旅途。当然，光靠网兜是不够的，有的市民不讲文明，图方便，将家里废弃的用品直接扔到运河，他们只能把船停下，双手合力将它们打捞起来。最夸张的一次，张林祥捞起过两张破沙发。早年间，他曾经一天捞到过一百多吨的垃圾，机器捞和人工捞双管齐下，一天下来，腰像断了一样。

三十多年来，张林祥以船为家，与妻子结婚第一年就开始了分居生活，一个在杭州，一个在绍兴。结婚二十六个年头，虽然两地隔得并不太遥远，但张林祥掰手指数数，每年回家不会超过十次。绍兴家里的老少家事，张林祥知之不多，都是妻子一个人承担，他甚至不知道妻子患了癌症，直到做手术需要家属签字的那一天，妻子才告诉他。那一次，匆匆从杭州赶回绍兴，等在手术室门外的几个小时，对于张林祥来说，刻骨铭心。工作几十年，他遇到过水上许许多多种险情，参与并成功解决过许许多多种危机，经验使他形成了一种淡定、从容的态度。而这几个小时，他却感到从未有过的无助、焦灼，因为，除了医生要求签字的那张表之外，他对妻子的病情一无所知。那一刻，一直以打工挣钱为理由，心安理得地在水上漂着的张林祥突然开始心虚起来，自责和愧疚不时会来敲他的单身宿舍。好在妻子经过治疗，恢复得还算好，不然的话，"我死都不会原谅自己"。又好在妻子理解他，与其说理解，不如说是一种习惯，就像绍兴人习惯水的一切脾性，她习惯了张林祥把运河当成自己的第二个儿子。

刚点上一根烟，我问张林祥，还没老，怎么门牙就掉了？他惯性地弹了弹烟灰，迟疑了一阵说："晚上收工在船上住，没事情，可能是烟抽多了。"我不知道抽烟跟掉牙齿之间是否真有关联，但我可以想象，在漫长的三十一年中，那些与水相依为命的日子，那些船上随波摇晃不定的日与夜，比疲倦更难忍受的是孤独。

在港航局的船宿舍，这种孤独随处可见。

四十五岁的李祝福带我参观他的住处。先是船舱，摆着一张吃饭桌、几张塑料椅子，这就是"客厅"了；经过船舱往船中央走去，一条仅容一人通过的走廊隔开左右两边，每一边都有一张不到一米宽的小床，这就是

"卧室"了；穿过走廊往船的尾部走去，有一个小间，里边有个小煤气灶，灶边放着锅和碗，这就是"厨房"了。这是李祝福和其他三位保洁员的"家"。坐在"客厅"的塑料椅子上，我问李祝福，在这个船上住了多少年？"十一年。"十一年来，李祝福就住在这个简陋得看不见任何家当的"家"里，夜晚枕着运河，没有船只往来的时候，能听得见水里的鱼吐水泡的声音，就像老朋友在他耳边窃窃私语。

对于长年住在船宿舍的李祝福来说，岸上那个熙攘的城区是陌生的，他只知道，从鸦雀漾段的运河道出发，进入的是杭州的主城区，拱宸桥、德胜桥、武林门、艮山门……这些几千年的历史名胜，在他看来似乎跟自己关系不大，只是他每天必经的一个地段名称。

李祝福是港航管理局航道管理处最年轻的保洁员，江苏淮安人，身形瘦小，看起来倒像个文弱书生，举着那根捞垃圾的长竹竿，他还没有竹竿一半高。就像这个简单的宿舍一样，李祝福活得非常简单，对这种简单到乏味的生活，年轻的李祝福却并没有感到不耐烦，他的理想很现实："像我们这样的人，钱看得是比较重的，就是希望自己能存多些钱寄回家给老婆。"每天跟垃圾打交道，李祝福除了每月拿到手不到三千块的工资，没有任何生财之路，他存钱的唯一方式就是省钱。每天，李祝福驾着保洁船在运河捞垃圾，中午，规定一个小时的吃饭午休时间，无论船停靠在哪段河岸边，他都会穿街过巷，步行到仓基新村的阳光食堂去吃快餐。因为这个地方，是李祝福唯一知道的便宜食堂。他的一顿午饭十一块钱，两份菜，一份半荤半素，一份全素或者一份汤。通常是，李祝福为了吃一顿便宜饭而牺牲掉整个午休时间。

节省下来的钱，统统寄给淮安的老婆。李祝福说，因为自己长年不回家，所以，尽量省多些钱给老婆。这是李祝福对家里唯一能贡献的东西。

在船宿舍的"客厅"角落，有一个小茶几，上边放着一台小电视机，这是李祝福和他的舍友们了解岸上世界的一个窗口。每天下班，简单地做一顿晚饭之后，李祝福他们就围着这台小电视，边吃边看，看完新闻，接着看电视剧频道，直到被瞌睡虫啃咬。舍友们常常会喝点小酒，李祝福从不参与，他既不喝酒也不抽烟，认为这样能更好地省钱。

计算一下，李祝福在干这一行的时候才三十四岁，这个年纪找工作正当其时，他却偏偏上了水上保洁这条船，钱赚得不多，又辛苦，整天双脚都不踏地，发展前途渺茫，为什么还要干？李祝福回忆当初老乡介绍过来第一次上船工作的情景，一天干下来，自己就喜欢上了。相比起路上那些喧闹、拥挤、车水马龙，他更喜欢水上的简单、安静，水面蒸起的热气以及散发出的那股带腥的特殊气味，让他想起了家乡的童年生活。"我每天的工作就是保持河道清洁，跟垃圾打交道比跟人打交道轻松多了。"李祝福话很少，不知道是长期独自在河面上工作的原因，还是天性如此。看着这个沉默弱小的男人，我不忍去猜度，三十四岁踏上这条船之前，他不知道在岸上遭遇过什么跟人打交道的复杂情况，但我清楚地认识到，人世间的深浅，他一定是自知的，就如他对这些运河段的深浅一样，了然于心。

在保洁船的船舱里，存放着一捆不起眼的小纸片，用橡皮筋扎牢。这些是李祝福平时在运河上打捞到的。名片、健身卡、美容美发卡、面包店卡、电影卡、干洗店卡……不少卡片上边还写着名字和手机号码：房地产中介李成建、徐小姐的美容卡、王姓人氏的面包卡、老狼的健身月卡……这些被丢弃的"失物"无人认领，李祝福却认真地将它们收留下来。"肯定是人家不要的，收着就是好玩吧。"除了身边的几个保洁员同事，李祝福在杭州几乎没有什么朋友。大概这些从水上闯入李祝福孤单生活里的陌生人的名字，能像朋友一样安慰着他。面对日益清澈、洁净起来的运河，李祝福的心情也不错，这里边多少有自己的一份功劳，他觉得对这个城市多少有了归属感。

跟沉默的李祝福不一样，胖乎乎的杨刘宝总是显得一副热闹、开朗的样子。他是港航局保洁员里为数不多的杭州人。十年前，他从航运公司轮船师傅的工作下岗，其实有机会去做生意，但是，他一直干的是开轮船的工作，离开了水，他担心自己就像鱼离开水一样难以生存。杨刘宝最终选择留在水上，当水上保洁员。这份工作远远比开轮船辛苦。冬天的冷还能扛过去，最难熬的是夏天，只要气温升到三十五度以上，船上就有五十多度。捞垃圾是露天作业，烈日经由水的折射烤在身上，一天下来，皮肤像烧伤了一样，又辣又疼。最难过的是脚底板，因为长时间站着捞垃圾，脚踩在滚烫的船板上，很多时候，感觉鞋底已经融化了，是光着脚踩在船板上似的。胖乎乎的杨刘宝最怕热，说起夏天作业，头都大了。"我们夏天必备三宝，藿香正气水、清凉油、空调服。没有这三样东西，八小时在船上工作，心里都不踏实。"船一离开岸，发生任何危险情况，只能靠自己，这些防中暑的必备品，成为他们出船的"定心丸"。杨刘宝已经不记得自己有多少次中暑了，要是碰巧打捞上些腐烂的垃圾，散发出令人反胃的臭味，往往会加剧中暑的症状。那滋味令杨刘宝终生难忘。

在运河上干了十年保洁工作，除了捞垃圾，杨刘宝还"捞"过人。这事情在杭州的水上保洁员中传为佳话。2014年的夏初，杭州连日暴雨，运河水涨，杨刘宝驾保洁船到文晖桥一带，看到一个老人在离自己不到一百米远的岸边，不慎掉进水里。他奋力将船驶近老人落水处，跳入湍急的水流，将老人家救了上岸。因为拯救及时，老人从生死线上被拉了回来。"捞人"的杨刘宝一时成了名人。"这又没什么的，谁会见死不救?"事情虽然过去了几年，说起来杨刘宝还是觉得很开心，这大概是工作几十年来，他认为自己最"有用"的一次了。

跟着杨刘宝出船捞垃圾，是四月初的一个上午，阳光浅浅，微风荡漾，两岸万物生长。作为一个经验丰富的水上保洁人员，杨刘宝向我预告，今天垃圾不会很多，要是初八或者十五那几天来，就有得忙了。垃圾又不是庄稼，还有收获的时段?我以为杨刘宝在讲笑话活跃气氛，因为他开始担心身后那几桶逐渐增多的垃圾，散发出的臭气让我感到不适。没想到杨刘宝认真地告诉我，杭州的老百姓有到运河放生的习惯，初八或者十五，他们会从市场买活鱼放进运河，可是，多数养殖的鱼很难适应运河的水，很快就会死掉。最多的时候，他一天能捞到满满四船死鱼，实在是很可惜的。杨刘宝无奈地叹了口气。放生固然是人的一种慈悲精神，但是因为鱼不适应水域，反而将鱼放入了一条死路，制造更多的水上垃圾，这让杨刘宝很是哭笑不得。

作为土生土长的杭州人，杨刘宝比其他保洁员都更珍惜运河。从鸦雀漾到三堡这段水路，要经过二十多条桥，每一条桥，杨刘宝都能讲出典故来。这么些年来，他总是驾着船驶过这些景点，岸上四季花开不断，梅花、迎春花、桃花、玫瑰花、杜鹃花……实在漂亮得很，可惜他在船上都是"走马观花"。杨刘宝说，再有两年他就退休了，他决定每天都到桥上走走，到岸边散步，凑近去闻闻花香。他已经计划好了自己的退休生活，打算花大价钱买一台专业的照相机，学摄影，将这美丽的河岸好好地拍一遍。这一切美好的愿景，都跟眼下这条运河的水清、风清有着唇齿相依的关联。

杨刘宝站在船头，迎着风，用手臂将那根三米长的竹竿去够不远处漂浮着的一团枯枝败叶，因为逆水，是需要花力气的。没过多久，他的脸上就冒汗了，气息也变粗了。毕竟，他还有两年就快退休成为一个老人了。我转身走到船尾去，远距离地看着他的背影，心里陡然生起些伤感。他专注地打捞着垃圾，如同过去的每一天，竹竿划动着运河的水，左边一撇，右边一捺，脚下的水便随他手臂的运动泛起了涟漪，就像是他在水上写下了些什么，一边写，一边就随水流逝了。

约　　定

　　如果车厘子能有幸被养在深闺，它一定很快就会变得肥硕起来。十橘九胖，橘猫是猫界出了名的易胖体质，一胖，就有了当老大的派头，所以橘猫轻易不会被欺负。车厘子却辜负了这个品种的优势，手长脚长，反而看起来更加瘦骨嶙峋了。

　　认识车厘子，是在一首歌与另一首歌的间隙。我习惯在小区散步，时间和路线都很固定，日复一日，也不会觉得厌烦，因为跟着耳机里的音乐走，每一次都是新的。目中无人地走，有时候甚至都感觉不到路。跟我一样固定的，是那棵香樟树底下的红色奥迪车，风雨无阻，看起来车主也是一个不肯轻易改变习惯的人。那个夏天的晚上，我刚刚好走到奥迪车边上，耳朵里的一支歌刚刚好播完，这样，我就能听到那个胖女人讲的话。她有点困难地俯下身子，朝奥迪车底下喊话："阿咪阿咪，出来吃饭咯。"话音未落，一只猫喵喵着从车头下方探出了脑袋。猫瘦，所以耳朵显得特别大。它并没有立刻钻出来。胖女人嘴里发出"喔喔喔"的声音，从塑料袋掏出一把猫粮撒在车前的地上。猫看上去不到一岁的样子，叫声还未完全脱掉奶气。在另一首歌的前奏响起时，我摘下了耳机，听到胖女人跟猫讲话："阿咪啊，你多吃点噢，明天奶奶不喂你啦，奶奶要回大连啦……"她旁若无人，唠叨个不停。猫也不知道有没有在听，边捡着粮吃边发出嗷嗷几声，权当应答。我不想打搅她们的离别之夜，赶紧又把耳机塞上，迈脚走开。走了一阵，我才转身去看。灯光从香樟树的枝叶间漏下来，不规则地照着树下那一老一小。胖女人已经完全蹲下了身子。那小家伙就在她脚边，脑袋随着嘴巴的咀嚼积极摆动着。耳机里随机播放的是老史都华的 *I Don't Wanna Talk about it*，我听过无数遍，每遍听都感伤，远处的画面跟里边几句歌词倒蛮合拍的："如果我留下来，你可会倾听我的心事？如果我孤零零地站着，影子可会掩盖我内心的颜色……"这世界上，往往离别比相聚更打动人。我远远地看着她们，直到另一首歌的前奏响起。

第二天晚饭后，我揣着猫粮到那辆红色奥迪边，俯下身去，唤它："阿咪阿咪，出来吃饭啦。"并没有那么顺利。我朝车底望进去，只见到两粒圆光。我像胖女人一样发出"喔喔喔"的声音，把猫粮放在离车头最近的地上。半晌，它压着低低的身体，慢慢移动出来。我一蹲下，它就又缩回车底。我只好站得远一点，不发出任何声音。它就在这安静的距离中，小心翼翼地钻出来，每吃几口便东张西望一下。

如此持续三天，我获取了它的信任，从那个不认识的胖女人手中接管了这只猫。因为它喜欢钻车底下，所以我给它改名"车厘子"。大概是认识了我的气味和声音，"车厘子"一唤，它也会乖乖从车底下钻出来。整个夏天，我的晚间散步有了另外一种约定。哪怕耳机恰好放出一首忧伤的歌，哪怕是老史都华颤抖的烟嗓，只要那些个片刻，车厘子在我脚边，歪着脑袋吃饭，我的心里也是平静的。

八月的一天，杭州被台风利奇马正面袭击，家家户户关窗闭门。风撼树倒鸟群散，只有那些上了一定年纪的树才能扛得下这风力。越夜风声越大，已经快九点了，我还被困在家里，心想，不知道车厘子是不是还缩在车底下等我？利奇马该不能把奥迪车掀翻了吧？窗外的树摇摆幅度不那么大的时候，我撑起雨伞出门。没有音乐，跟往日不同，我走了一条捷径，直奔那棵香樟树。那辆固执的奥迪并不在，树下空荡荡。我既感安慰又有几分失落，这家伙说不定也跟着奥迪一起避台风去了。我在树下停留了一会儿，喊出的两声旋即被雨声吞没。走开十多米的样子，我又不甘心地回头看。在那个空荡荡的地方，竟多出了一个小黑影，路灯明白地照出了那两只耳朵的轮廓。我快步冲向它，迅速把它圈到我的伞下，让它就像待在奥迪车下那样。车厘子朝我喵喵不停，不知道是饿了还是在埋怨我的迟到。一点不夸张地说，于我而言，那就像是一种久别重逢。如果它能站起来，如果它能举起手臂，我一定会跟它拥抱，就像跟久违的老友那样，就像电影里看到的那样，有力，温暖，甚至热泪盈眶。嗯，我想，比起离别我还是更愿意相聚。

台风之夜过后，我与车厘子的关系有了些变化。常常在计划之外，我会临时起意去找它。下楼取快递，出门买菜，下班回家……这些时候我都会绕到那棵香樟树下。奥迪车不在的白天，车厘子也不会守在树下，但它的活动范围不大，我总是能在附近找到它。最常见就是在车库口，它就像一尊瘦瘦的石虎，手脚并拢，尾巴整齐地盘起，笔挺地蹲着，一动不动，只有两只大耳朵雷达般捕捉着由远而近的声音。车厘子其实长得不错，一半橘色一半白色，橘的部分像地图色块一样分布在它的背上、臀上以及四肢，鼻梁到下巴一圈白，衬得鼻梁直挺。我最喜欢它那条橘色与白色匀称相间的尾巴，一旦认出我，朝我走过来的时候，尾巴就像旗杆一样竖得高高的，代替了它跟人打招呼的手臂。在约定时间之外，车厘子似乎不太适应我的出现，尤其当我两手空空，只蹲下身去摸摸它的额头，它亦大概觉得无解，睁圆眼睛抬头看我。但它并不见得讨厌，我的手一挨近它，它就懂得将脑袋蹭过来，挠它下巴，它眯起眼睛享受着笑纳。

不记得是哪一天开始，那辆固执的奥迪消失了，樟树下方空荡荡，无处藏身的车厘子只能四处游荡。事实上，离开奥迪车底，车厘子几乎没有地盘。当我拿着猫粮到车库口或者附近的凉亭里喂它，不到几分钟，总会有几只猫不知道从什么地方冒出来，狸花猫、玄猫、奶牛猫……多的时候有五只，它们去抢车厘子的东西吃。大概深谙弱肉强食的法则，车厘子并不会跟它们大打出手，只是在它们逼近的时候，嘴里咬住最后一口粮逃开去。要不是我站在旁边将那些猫赶走，恐怕瘦弱的车厘子只能在远处草丛里干瞪眼。奇怪的是，如果车厘子不出现，那几只猫也不会来。它们怕人，并没有领受过人的善意，人的一举一动都被它们视为进攻。我至今都不清楚，车厘子如何能后天培养出与人亲近的技能，那个胖女人到底花了多大的耐心才在车厘子的本能里植入了人情的意识？

为了能让车厘子获取平等的权利，我只好多备几份猫粮带着。往往走到车库附近，不等我喊出声，车厘子就会从某个角落一路小跑奔向我，喉咙里发出欢快的喵喵颤音。我喜欢先摸摸它的脑门，让它在我手心里蹭两下，亲热过后，再给它吃。看起来车厘子也很满意这种仪式感。毫无意外，那几只潜伏在附近的猫很快就从四面八方围过来了。我识相地把猫粮分摊成几份，一字排开。经过一番犹豫、试探之后，它们最终迫不及待狼吞虎咽起来。相比起车厘子的吃相，它们显得过于粗鲁和警惕，一点点动静都能导致它们喉咙里发出咆哮的示威。有一次，我给那只奶牛猫添粮，它恶狠狠地朝我伸出一爪，差点挠到我，我生气地骂它"白眼狼"，它不明其意，只是用眼睛死死盯住我，护着它身下那摊粮，真让人哭笑不得。托车厘子的福，那几只猫得到了固定的喂养，但跟车厘子不一样的是，它们始终怕我，更不会朝我喵喵叫。

几只猫，一字排开，吃得忘我，这场面在喜欢猫的人眼里，是有点气派的。但是在不爱猫的人眼里，这场面是吓人的。他们怎么能忍受楼下如茵的草坪、整洁的矮柏丛、优雅的喷水池以及平整的水泥地面上，一夜之间多出了几只"叫花子"？甚至，他们在露天花园赏月时还要忍受这些"叫花子"粗野的调情。当然也有爱猫的人，他们更多的担心是，这些粗鄙的家伙会把躺在他们腿上的波斯猫、暹罗猫们都勾引得心猿意马。没多久，我跟车厘子以及那几只猫便遭到了住户的投诉。巡逻的保安看到我喂猫，会过来劝阻。劝多了，我终究觉得不好意思，但想起跟车厘子的约定，我又会偷偷跑去喂。我会选择午睡时间，趁人打盹的时候，速去速回，放下几份粮就走，就连跟车厘子亲热的那套仪式都省了。对于这些变化，车厘子毫不知情，见到我还是喵喵得热情奔放，边叫还边在地上打滚，这些都遭到了我无情的拒绝。实际上我恨不得死死地捂住它的嘴巴，不让它走漏一丝风声。

　　冬天只开了个头，车厘子就不见了。我在它经常出没的地方找了很多次，也曾试图找它带出来的那几只猫。但是，这些地方静悄悄，草丛一动不动。刚开始我以为它怕冷，找个温暖的地方猫冬去了。时间长了，扑空多了，我的失落变成了担心。最终，我的担心终于得到了印证。有天午后，我照例带着那包已经快一个月都没送出去的猫粮到车库附近，站了一会儿，有个女人路过，问我是不是在找猫。我从她的语气里听出了同情。我毫不掩饰地问她有没有见过在这附近的那些猫。那女人知道我在这里喂猫，她说她母亲回东北前也喂，但只喂一只。我点点头说，是的，我知道。但我没跟她说车厘子的名字。她说，前段时间在业主群里看到图片了，保安把猫抓到笼子里。她说的那个群，我早就不忍其鸡毛蒜皮退出来了。我问她是哪只。她说是一只花猫。我让她给我看看群里那张照片。她说她也退出群了，看他们那么残忍就退出来了。我的心往下一沉，但还是追问了一句：怎么了？她说他们说是要人道毁灭。"你想想，这些保安，连自己都难养活，怎么会去管那些带嘴的东西？被投诉多了，他们也自身难保……"东北女人语速很快，说着说着就开始发牢骚，就像多数更年期女人那样，越说自己越生气。

其实不用看照片，我都能断定那只被逮捕的花猫就是车厘子。那么久以来，它与人建立起了信任和亲近，它在与人的约定中得到了安全感，在人的气味和声音里感受到了人情。但它没能认识到人情有暖也有冷，更没能认识到人的更多部分，比方说妥协、欺骗、冷漠乃至恶。它就这样一头扎进了人的世界。或者是，我单方面地将它带进了人的世界。比起伤心，我更多的是自责。

对于一只流浪猫而言，生老病死全是宿命，天注定。但车厘子被毁于"人道"，应该说是它一生的失败吧。我常常会被这种失败感挫伤，散步的时候，耳机里忧伤的音乐、煽情的歌词会加重这种失败感。只是，每每想起那个台风夜，滂沱大雨中，香樟树下那团等待的小黑影子，我又觉得，有了这样的相聚，任何别离似乎都值得忍受。

收集牙签的人

像很多老派的家庭妇女一样，母亲总是不舍得扔掉旧物，即使明知道它们的确已经派不上用场了。因此，在我们家的杂物房里，总是能找到一些让我目瞪口呆的东西，不是陌生得让我无从指认它的来历，就是熟悉得让我难以置信它经年之后仍旧存在。那些东西虽然有意思，但终究都是些无用之物，日积月累，杂物房被堆得不忍目睹，常常会引来我们兄弟姐妹对母亲的埋怨——不知道为什么还要留着那些没用的东西，什么年代了呀！最严重的一次，姐姐趁母亲回故乡小住几日之机，忍不住收拾了一下，果断扔掉了一些东西，母亲为此发火、失眠了两天，此后再也没人敢动她的东西。这方面，就连父亲也没有发言权。

我曾经在微信上看到一篇文章，大概意思是讲现代人应该学会"断舍离"。"断舍离"这个词在网上传播已经有一段时间了，百度上明确的意思是"断绝不需要的东西，舍弃多余的废物，脱离对物品的迷恋"。我在遇事纠结的时候，也时常会对自己说："嗯，要学会断舍离。"我顺手将这篇文章转发给刚开始热衷玩微信的母亲看。过了很久，母亲回复我一个微笑的表情。我觉得那是不置可否的微笑。你如何能改变一种根深蒂固的执念？一代人有一代人的执念，我只要接受就好了。

前一阵回家住了几天，没事钻进母亲的杂物房，东翻西看。从一个角落里取出一只小铁盒子，接口已经有锈，我费了点技巧才得以打开。一打开我就哑然失笑了。那里边堆满的不是什么宝贝，竟然是饭店专用的那些独立包装牙签。湘满楼、金华安酒店、成记海鲜店、广州酒家、稻花香……各种颜色的小纸袋，一面写着饭店的名字，另一面大都写着"欢迎光临"。这是母亲多年来下馆子收藏的饭店牙签。我记得母亲有这个习惯的。每次她在饭馆吃饭，临走的时候，都会向服务员多要一袋牙签带走。刚开始，以为她是为了放在包里备用，久了才知道，收集每家吃过的饭馆的牙签，是母亲的一个爱好，就像别人收藏邮票、烟盒或是古董那样，只不过她收藏的东西，既没有价格也没有价值。

我抱着那盒牙签跑去问母亲，为什么喜欢收集这些东西？母亲饶有趣味地将那些牙签一袋袋摆出来看，一边看一边告诉我："这是那年你在广州搬新家，我们在金华安摆了一桌，你老爸一个人吃掉了一盘红枣芋泥；这是你哥哥请我们到郊区那个农庄吃河鲜，二叔公饭店，我们吃饱之后还摘了一大堆艾草回家；这是你姐姐那年生日正好碰上中秋节，我们在漓江春吃了一顿团圆饭……"我听得一愣一愣的。仅凭一根牙签，一个饭馆的名字，母亲竟然能记住若干年前的某一次下馆子！仿佛她一根一根摆弄着的，不是牙签，而是一张一张旧照片。

一整个下午，我都在听母亲回忆，母亲从岁月的牙缝里剔出一个个故事，听得我五味杂陈。

从我有记忆开始，母亲的形象就是那个挂着围裙整天在灶台间转的女人。母亲做的菜不仅好吃，而且还有创造性，尤其在物资匮乏的年代，母亲可以将一些廉价的东西做成美味的菜，我至今还记得西瓜皮炒咸菜的那种爽脆、豉汁柚子皮绵软多汁的口感、酿南瓜花的鲜甜、芦荟汤的黏稠清香……在吃这个问题上，母亲一直是权威，指挥官般安排着一家人的饮食。直到我们几个孩子长大，一个个成家搬出去住，有了各自的灶头，母亲就管不了我们的吃了。也不知道从什么时候开始，母亲开始接受我们对吃的安排。聚餐的时候，订哪个饭馆，吃什么派系的菜，母亲是没有发言权的。每次，一大家子下饭馆，母亲和父亲第一时间就被安排在"主位"上。看我们翻着菜单，七嘴八舌，母亲只是面带微笑，偶尔征求她的意见，她总是摆摆手说："你们定。"一副退居二线完全交权的服从。

下饭馆这类事情，现在都已经成了家常便饭，可是母亲每次跟我们下饭馆，总是穿得整整齐齐漂漂亮亮，显得比任何一个人都隆重的样子。散席之前，还不忘将饭店的牙签带回家。现在想来，母亲收藏这些毫无价值的牙签，是为了给那一次次聚餐留念。

我问过母亲，从什么时候开始有这个"癖好"的？母亲说，就是那一次，她带外婆到广州我家过年，我们在广州酒家吃年夜饭。八十四岁的外婆第一次到那么远的地方去。外婆去世前的那几年间，总是扬扬得意地对村里的老人们说："我是这个村里跑得最远的老人了，都是托了儿孙的福。"母亲想起这句话都会难过，她哽咽地说，那年在广州吃的年夜饭，是外婆这辈子吃得最好的一顿了。她手上拿着那根牙签，白色的包装纸已经微微泛黄。看着这袋牙签，我想起了那顿饭，已经没剩几颗牙的外婆，拿着桌上这只小袋研究，不知道里边装的是什么东西。我们笑得前俯后仰，问外婆，要牙签剔哪一只牙齿？往事历历，如果不是这根牙签，我那塞满杂事如同母亲堆得满满的杂物房一般的脑子里，怎么会猛然想起这个令人鼻子发酸的珍贵的细节？

过往的回忆就像母亲的杂物房一样，经过一辈子的堆塞，恩的怨的、美的丑的、温暖的悲伤的……这些已经无法理清，更无法"断舍离"。人生在世，谁又能轻装上阵？一个人的一生总是要背负很多东西，欲望、情感、回忆、畅想……这些东西构成了人的丰富，而那些

掌上开花 ◎

承载着人的记忆，甚至纯粹为了表达情感的"无用"的杂物，执着地、不起眼地证明着我们活在这个世界的意义。

与无限透明的蓝

　　我总是把曹霞当作我的"发小"，因为我们的友谊足够长，更因为这友谊在某个阶段具备了成长的意义。事实上，我们是半路认识。二十四岁之前，我在广西，她在四川，我吃粤菜长大，她吃川菜长大，唯一共同点是我们前后脚出生于 70 年代。

　　我们这一代，但凡有一点文学情结的人，青春期都写过诗，起码爱过诗。有点像 21 世纪的网络游戏，或者可口可乐，诗是发育的荷尔蒙。那些晚熟的青年，如果依旧怀揣着诗走进社会，很快就会迎来一场失恋，现实猝不及防地逼迫自己跟自己说再见。认识曹霞之时，我们双方就处于这种"失恋"中，惆怅惶惑，不知所向。站在广州的立交桥上，脚下一行又一行滚动前行的，不是诗行，是顺流逆流的车辆。那一年，我们同在一个媒体上班，整个一层密闭的办公室里，蛮像一个工厂车间，我们蚂蚁一样捡着字粒，搬运这个时代的信息。一个民生爆料电话就像扔出来的狗骨头，我们出街去扑，老房子加装管道煤气、握手楼电线隐患、宠物狗火化还是土葬……这些乱七八糟的生活是我们的粮食。记得我刚从学校毕业进报社不久，电梯里碰到一个领导，大概他知道我写诗，朝我耸耸肩，很西式地来了一句："让诗歌见鬼去吧。"那语气和表情，二十多年过去还依旧清晰，只是，现在我断定读懂了他当时的表情，那是失恋后因极力掩饰而极力夸张的表情。

彼时，是1999年，20世纪末。可能真的是为了让某些过去的事情都见鬼去吧，我和曹霞在2000年1月1日的凌晨，登上白云山，迎接千禧的第一缕阳光。我们在脑子里，浪漫地幻想充满寓意的太阳从山间蹦出来，令人不自觉地迎着阳光许下未来的心愿。到了白云山脚，才知道我们的想法是多么俗套——那里聚集着跟我们一样想法的人海。硬着头皮随着人流，我们沉默地登山，心中隐隐有一种败兴的感觉，但都不讲出来，一讲出来肯定都会掉头转身。到山顶，好不容易找到一块空石头坐下，望东方，等。在一片人声鼎沸中，千禧阳终于现身。因为天气的缘故，它从山间迟迟疑疑露脸，透过灰蒙蒙的雾和霾，颜色昏黄，浑浊无力，简直就像一颗过期走了油的咸蛋黄。处于这种沮丧、没劲中，曹霞居然能在悲观的尘埃里开出积极的花来。她突然开始欢呼，朝那颗走油的咸蛋黄挥手，并试图把我拉起来朝前走以便能更靠近它，她改变了那一刻我俩的心境。

改变现有处境及至慢慢改变命运，这似乎是曹霞最能坚持做到的。在报社坐我隔壁的一个老漫画家，经常看曹霞来等我下班，给她画了张速写，特点在眼睛。老漫画家悄悄跟我说，她的眼神很坚定，像钢铁战士。怎么可能？这双眼睛流下多少次眼泪都是我递纸巾擦掉的。老漫画家拍拍我肩膀，你还年轻。

果然，跨入新世纪之后，曹霞扔掉了一些东西，从媒体辞职，跟随中山大学程文超教授读研。那会儿，流行玩QQ，她的昵称是"无限透明的蓝"，我的是"甜蜜蜜"。因为我喜欢那部香港电影《甜蜜蜜》，而她，不知道是否因为"摇滚作家"村上龙小说《无限近似于透明的蓝》，或者仅仅因为蓝色是她最爱的颜色，不过那时的她跟乐于安逸的我相比，的确是有几分摇滚、叛逆气息的。大多数时间，电脑右下角跳动，咳咳两声，"甜蜜蜜"和"无限透明的蓝"开始噼噼啪啪热聊。

曹霞重新回到校园，我也跟着她过回了学生生活。在中山大学那块著名的大草坪上背靠背看书，吃食堂，蹭讲座，挤她宿舍的架床，淘各种盗版影碟。也恋爱，也失恋，在深夜抱头痛哭，哭完又去凌晨的大排档吃炒牛河、萝卜牛杂，年轻时吃真的可以疗伤。有一次王菲在体育中心开演唱会，我们咬牙花巨资买了两张最便宜的票，摇着荧光棒，遥看舞台上的王菲，只有人的指甲盖那么大点。"非典"那阵，曹霞趁乱抢到两张低折扣票，我们摘下口罩，在体育中心跟老罗大佑哼《亚细亚的孤儿》。郊区有一个楼盘促销，搞一场圣诞摇滚音乐会，说崔健会来，曹霞拉着我，倒几趟车，从中午人家搭台试音开始，一直站到夜幕降临，不知名的小乐队唱了一首又一首，崔健还没来。站到快十二点，终因体力不支，我们从第一排退出人圈。没走两百米，就听到全场倒计时，十九八七六五四三二一，崔健踏着钟声从天而降，《一块红布》《一无所有》。我们坐在人圈外空荡荡的草地上，被层层遮挡的崔健唱得热泪盈眶。因为这段时光，我经常笑话她拖慢了我成长的脚步（其实我也不清楚进入社会怎样才算真正意义的成长），现在想起，那时的确活得无限接近于透明的蓝，而这段看似虚度的时光在此后的二十多年期间，反而越来越让我觉得人生并没白过。

研究生毕业后，曹霞当起了老师，我还是在报社编副刊。各自买了房，一个住河南，一个住河北，分属珠江两岸，总算在广州有了自家的阳台，互相串门，也吃住家饭。有一趟 53 路公交车，从我家楼下开出，十多站，穿过珠江，到达她家所在的怡乐路祈乐苑。有次我追那趟准备发动的 53 路，脚一崴，肿了鸡蛋大的包，很快，她乘上那辆返回的 53 路，敲开门，云南白药喷喷，手揉揉。恋爱中的男女亦不过如此吧。有那么两三年时间，以为我们一直就会这样，在广州的两端，53 路去 53 路回。甚至坐公交看到两个老女人，双肩包背在前胸，一胖一瘦，挑剔刚才那顿早茶凤爪不够烂熟、炒粉镬气不够，我都会想，胖的是她，瘦的是我。然而并不会。2006 年，她突然决定北上，去读北京师范大学张清华教授的博士。博士毕业后，她去了南开大学，又毅然卖掉广州的房子，定居北方。

我猜，这个四川妹子从一开始就觉得自己不属于广州，即使她在阳台上也像模像样地种起几盆茉莉花、发财树、驱蚊草，让外人看上去这屋主跟其他屋主无异，但她站在阳台望向天空的时候，想象的总是另一种生活，居安不安。她对自己生活现状的多次改变、多次的"作"，只是希望能到达一个肉身和心灵都感到融洽的地方。广州绵长的潮热如同它黏稠的烟火世俗，穿街过巷都是亲爱的生活，但她对这种亲爱的生活并不满足，她想要以分明的四季为背景加深对人世各种温度的体察。更为重要的是，她对自己的努力方向做出了改变。她从写诗转向了搞研究。她收拾整理掉那间感性、肆意的房子，去做一个理性、自律的评论家。

我不清楚曹霞这么多年克服了多少写诗和抒情的冲动，学会了在他人的叙事与抒情、虚与实中冷静地析出骨和肉、血和泪，我更不清楚当她读到那些与自我共振的作品时，怎么能克制自己不去敲击回车键用分行表达。当我不断在《文学评论》《当代作家评论》《小说评论》《南方文坛》等核心评论刊物上看到她的这个论那个论的时候，我会想，这是否跟当年她为了饭碗去扑新闻的情形一样？这十年来，我们分开两地，见面并不多，但电话一聊一个小时停不下来。她喜欢跟我聊作品，聊70后作家的写作，聊某部新长篇的好坏……她是真心喜欢上搞评论了。她为莫言的冒犯性与美学正名，论严歌苓讲述中国故事的方法，指出叶兆言文本被误读的地方……她点评名家，也热衷于在刊物开设专栏对涌现出的新人新作津津乐道，并对同时代作家的写作提出更多的想法和愿望。平心而论，曹霞与做批评的同龄人相比并不算"活跃"，几乎很少能看到她出现在文学活动的现场，正如她自己说的，"我并不认识多少作家、大佬，但我认识他们的作品"。她觉得这种疏离的状态最舒服，在作品里认识作家，她有权利写出自己的观点并将这个权利视为自己的话语权，她是把自己理想中的文学写进了这些评论文章里。

不过，我还是能在曹霞的文章里读到一个前诗人的"破绽"，尤其在评述作品的情感部分，她几乎毫不保留自己的共鸣，以更饱满更精准的句子加以阐释和渲染，至于遣词用句的弹性和隐喻，更是满章诗意关不住。她依旧很喜欢读诗，在厚厚的读书笔记里，其中几本是她手录的诗抄。在她自己做着玩的微信公众号"诗书生涯"里，选发的全是她所爱的诗人诗作：保罗·策兰、米沃什、里尔克、叶芝、阿赫玛托娃、博纳富瓦、安德拉德、罗伯特·伯莱、辛波斯卡、乔治·欧康奈尔……她从西到东，从南到北，从青年到中年，在世俗生活摸爬滚打，诗没有见鬼去，依旧是曹霞使自己接近无限透明的蓝的一种方式，这真让人感到庆幸和骄傲。

做批评是曹霞的专业，她的本职是老师。我能想象得到她在南开园上课的样子，穿着知性却不拘谨的衣服，娓娓道来，随意、舒服，不时爆发几句干脆的笑声，从不将自己的意志强加到学生身上。她的生活渐入佳境，她与先生在家里养绿植和金鱼，冰箱面贴满养生的食谱。离开媒体之后，大概因为她一直在学校待，因而保留着读书学习的好习惯。这些习惯对于一贯懒散、随性的我而言，简直就是铁一般的纪律了。她给我看过她的作息表，晨跑、读书、写作，这些项目连时间段都划分好了，在没有课上的日子，没有特殊情况她几乎严格遵守，服药一样准时，多年如此。有时候，我因为无聊哼哼唧唧给她打电话以期寻到安慰，她总是说，不无聊啊，每天都觉得自己好忙。而这些忙全是在完成作息表上的日程，并没有受到任何逼迫。她把日子过得像个备考的学生，但乐在其中，不感到半点乏味，甚至觉得无比充实。

这些年，我几乎每写完一个小说，都会发给她先读，她喜欢，我便得意扬扬，在她觉得不充分的部分，她会找出相关的书籍给我补课，多数是知识上的补充。

我信任她。她读的书比我多，比我杂，她解读作品准确又敏感。她总是能找到想要并且有必要去读的书。比如她最近在写一部新长篇小说的评论，里边涉及了一点《易经》的知识，她又觉得有必要去仔细读读《易经》，一读又觉得实在很有意思。浅薄的我只好对她说，以后给我占卦。她的口头禅是"嗯，我们是要做功课的"，好像世界有无比多的奥秘值得我们一如既往去探索，好像无论谁都应该是学生，人生是一场漫长的学习。

　　在北京或者在杭州，我和曹霞偶尔见面，她变得宁静又倔强，已经看不到在广州时那种东奔西突的情绪，任何人也左右不了她，仿佛因为谙熟了掌握时间的智慧，从容自洽。唯一不变的是她的眼睛，依然有神，亮晶晶，里边看不到一丝戏谑和游戏的笑意，因而让人觉得她的眼睛跟她的年龄很不匹配。前两年，曹霞由学院派遣到日本爱知大学教书，因为知道我喜欢三岛由纪夫的《金阁寺》，她去了好几趟，不同季节，每次都会把金阁寺拍给我。如果不是三岛由纪夫在小说里烧掉了金阁寺，它不会在我眼里无论哪个季节都如此炫目。文学就像"发光"的"流星"，令我们过的日子都能感光，即使这些日子已经或者正在发生改变。"它且走且唱，让我们的灵魂扇子样四散"（保罗·策兰《施魔法的时辰》）。

如果没有光，任何颜色都不能透明，更不可能接近透明。在我眼里，她就是那一抹载光而来的透明的蓝，冷静、纯净，想到她，我亦有了她一样的宁静和倔强。

棒 球 帽

有那么一段时间，我喜欢上了一个品牌店，隔三岔五会去光顾，以至于那里的店员都能认出我来了，招呼格外周到，说话格外好听。你知道的，人的虚荣多半是恭维出来的。不过，那次跟舅舅去过之后，我就没再踏进过这家店了。

算起来，我跟舅舅已经快七年没见面了。那天，在火车站出口处，我接到了他。实际上是舅舅先认出了我。他说，他一出检票口，就看到我在柱子那边站着了。"你还是那个样子，没变化。"我不知道说什么好。

舅舅比我印象中矮了太多，这让我感到很奇怪。后来我想，大概是那顶帽子把他压矮了。帽子是那种普通的棒球帽的形状，军绿色，不是常见的藏青色或者翠绿色，而是那种切切实实的军队绿色。在帽檐的中间有几个红字，远看以为是个红五星。"电白建筑"，等我看清楚那几个字的时候，其实已经盯着舅舅的帽子好一会儿了。"这个，阿强仔给我的，不能脱的啦，脱下来会吓着人。阿强仔你还记得吗？"舅舅扯了一下那帽檐，接

着说起了他的儿子阿强仔，在广东打工、结婚，准备把儿子带回老家养……我们朝楼下的的士站走去，

"表妹，表妹……"舅舅用方言学着阿强仔小时候喊我的语气，试图让我加入到那个多年没见面的表哥的话题中。

"舅舅，你坐后边吧。"我还没加入那个话题，出租车就停到我们身边了。我坐副驾驶位，舅舅坐在后边，那个话题就算结束了。

大家都有点拘谨，我便向舅舅介绍起车窗外我生活的这个城市来。舅舅变得很安静。后来，我也没话说了。出租车司机从镜子里瞄了好几眼舅舅。"刚进来的时候，我还以为接了位解放军老兵呢。师傅，您不是老兵吧？"说完又在镜子里瞄了舅舅一眼。后边没声。我侧头朝后看了看，发现舅舅在尴尬地笑着。

"不是，他不是解放军。"不知道为什么，我对这司机有点不高兴。

舅舅几乎不会讲普通话。他一直生活在只讲方言的农村，在村小学念到五年级。但他能听，电视连续剧每集都能看懂。在我家那张软皮沙发上，他腰板坐得直直的，认真地看着那部电视剧《十送红军》，聚精会神的样子，比我写作还投入。即使这个样子，他依旧戴着那顶军绿色的棒球帽。我不再要求他脱下来。我妈在电话里说过，外婆去世后，舅舅的头发很快就掉光了，大家

以为再长不出头发了，可后来却又长了。"五十刚出头，却长出了一头吓人的白头发，唉，还不如不长……"我妈问能不能把舅舅带到我们这里的大医院看看。来这里之前，我给舅舅打了个电话，他显得很不好意思："也不是自己害怕这些白头发，就是阿强仔要把儿子带回来养，我怕吓着小娃娃……"实际上，我妈说，主要还是因为舅舅怕别人说闲话。想象一下，一个顶着满头白发的老翁在地里劳作，整个家族都会被瞧不起。

　　我外婆生了五个孩子，四个女儿，一个儿子。女儿都外嫁出去了，只剩下一个儿子留在家乡，也就是舅舅。我妈最大，嫁得最远。我妈对舅舅的负疚感最重，她认为舅舅为了侍奉父母不能出门发展，死做农活顶多也只能赚口粮。舅舅没过过好生活。我妈呢，退休在家，玩电脑小游戏，在 iPad 上看连续剧，口头禅是那个"连连看"游戏的主页口号——"生活就是玩啊玩"。可又怨得了谁呢，这就是宿命啊——我妈离开农村到城市生活，而我呢，离开我妈的城市到了更大的城市生活，这模式将一代代循环复制，现代人失去故乡，或者说成为无根的人。我妈释放那些不时冒出来的负疚感，除了过年节多寄些钱物回去之外，就是嘱咐我托关系，带舅舅到著名的大医院找著名主治医生看白头发。我带着舅舅去了。那个权威医生说，不是什么大病，但白头发不可能一下子转黑，得悉心调理，慢慢恢复。舅舅对这个结论似乎还很满意，我猜他此前肯定认为自己得了什么大病。

在最后一次复诊，取好药，迈出医院的时候，我们都显得很轻松。我走在舅舅的身后，才发现，他那顶帽子太浅了，只罩住了后边三分之二的头发，遮盖不住的那一撮白头发，显得更为醒目。我决定带舅舅到那家品牌店，我在那曾试戴过一顶棒球帽，很好看，只是觉得没什么机会戴，所以没买。

我们走进商场，还没走到那家品牌店，舅舅就不想走了，他被那些价格吓得走不动路。一件他有点动心打算买给舅妈的蓝色花衣裳，两千三百八十元。他一听之下，失态了——"离谱！太离谱！"好在他用的是方言。接着他一直用庄稼的价值来换算这价格，看起来快要生气了。服务员因为听不懂，没多大反应，我却特别难为情。如果没有记错的话，那顶好看的棒球帽要九百多块。我开始后悔把舅舅带到这里来。不过，我们还是去了。一路上，舅舅还在唠叨那些"离谱"的价格，好像谁得罪了他。

走进那家品牌店，熟悉的店员很快认出了我，纷纷围过来招呼："小姐，今天有空过来看看？正好上新货了……"不知道为什么，我忽然觉得很尴尬，扯着舅舅匆匆逃走，头也不回一下，好像看到了不该看的东西。舅舅奇怪地问我："她们认识你？"我重重地摇了摇头，说："怎么会认识？……那顶棒球帽卖掉了。"事实上，早在迈进店的一刻，我就看到那顶卡其色的棒球帽高高地挂在墙上。

　　舅舅还是戴着那顶奇怪的帽子回家了。在火车即将开动的那一刻，他竟然脱下帽子朝窗外的我挥动，他那满头浓密的白发，的确是有些吓人的，可他似乎全然忘记了尴尬。我不由自主地也朝舅舅挥着手，就像老电影里那些送别的镜头一样。

小　　旗

　　我叫它小旗。因为每次遇到它，它的尾巴总是竖得高高的，像一支威风的旗杆。小旗是我认识的最逍遥的流浪猫。是的，我认识它，就像一个朋友。跟那些惧怕人的流浪猫不一样，小旗不怕人，但也不亲人，总是保持着一种礼貌和矜持。所以，跟小旗的交往就变得没那么多负担。

　　从我喂养流浪猫的经验来看，但凡与一只猫有了约定，一旦对猫投之以粮，猫便对你付之以依赖。久而久之，这种没有任何约束的约定，往往依靠人复杂的情感来巩固：怜悯、责任，甚至母性的满足等等，是一组强弱关系的维持。因为这种关系，猫凝视你的眼神，猫在你脚边喵喵叫，猫怯生生地用脑门擦着你的裤腿……这些动作都被你解读出了乞怜的信号。强者于是对弱者就有了牵挂和惦记，这种惦记和牵挂很多时候就会变成一种负担。但小旗不会。我与小旗没有约定，全凭邂逅。它几乎不会在某个固定的地方等我，毫无预感地，就能看到它竖着尾巴从远处走来，等我喉咙里发出一声喵，它一秒都不会耽误，报之以一句长长的喵。就像朋友相见，彼此招呼："嗨，过得好吗？""还不错，你也好吗？"这种邂逅，轻松愉悦。如果恰逢我包里备有猫粮，蹲下身去，分给它一点，它便积极地凑过来吃，吃得不快也不慢。其间，我如果故意逗它，朝它喵几声，它也会边吞咽边发出一种含混的叫声，权当回应。要是没吃的，也不见得它有多失望，喵几声，人走了，它在原地站得直直的，尾巴在脚边盘好，眼睁睁目送。好像彼此知道，明天还能见到，明天的明天还能见到，不必纠缠。

小旗的地盘似乎比别的流浪猫要大许多，或者说，它根本就没有地盘，它不是那种要争的猫。遇到哪个垃圾桶有刚放出来的厨余，趁便扒拉两口，有猫闻香而来，它也不恋战，舌头往嘴巴鼻子舔一圈，踏着猫步从容离去，谦和又不失尊严。我会在不同的场所见到小旗。在泳池边，它呆呆地看着水里扑腾嬉闹的孩童；在快递寄存柜顶，它好奇地细嗅着柜子缝隙里包裹的远方气息；在凉亭里，它懂事地蹲在一个坐着轮椅抽烟的老奶奶身边，就像它是她养大的一般；而更多的时候，我看到它在走路，草丛边、车库口、绿化道上……独自一猫，倒并不东张西望地觅食，仿佛若有所思，那条旗杆一样竖起来的尾巴，骄傲、坚定、抖擞。研究动物的专家普遍认为，猫竖起尾巴的时候，表达的是一种满足、安全、得意，就像一个人在做出一个胜利的手势。邂逅这个样子的它，我心里由衷地欢快，心情亦跟它一样满足、放松，不带一丝强者对弱者所生出的怜悯和同情。如同人与人的平等相处，人与动物也不例外，没有什么强与弱、施与受，这样的关系才真正和谐持久。

很多时候我想，如果在生活中，跟小旗这样的朋友交往，必会友谊长存。人到中年，回过头来看，即使朋友圈里扫来扫去的人数不断增多，但朋友走丢的更多，有些朋友几乎没有什么缘由就疏远了。比如多年前认识的一位朋友，自以为兴趣爱好皆投契，一度走得很近，偶尔相约旅行。记得在一个小岛上，我们在沙滩上吹着海风，人不多，我们发现了两行狗的脚印。出于好玩，我们跟随着这一串脚印，找到了那只在礁石下晒太阳的大黄狗，它正眯着眼睛享受着惬意的海风。因为这只狗，我们聊起了宠物的话题。她讲，她过去养过一只拉布拉多，太好玩了。我只养过猫，没养过狗，只知道狗比猫的智商高一些，更通人性。"猫对人是依赖，狗对人是谄媚，你根本无法体会到一只狗讨好你、谄媚你的时候，那种感觉是有多么的爽。"从朋友的脸部表情我已经看到了那种爽意。说完她顺手从沙堆里摸起一块海贝，朝不远处的大黄狗扔过去，并发号施令："喂，旺旺，过来。"仿佛她命令的是她从前的那只拉布拉多。

从小岛回来之后，我想，我们大概会慢慢走丢。果不其然，几年间，她最终只变成了我手机通讯录里的一串号码。不时在朋友圈里看到她，风生水起，出入于权贵身边，时时以跟名流合影为傲。我不免会想，不知道她是不是养回了一只懂得谄媚她的狗狗？

我惦记过很多只流浪猫。下雨的时候，我会担心，那只一直蹲守在石头上的猫奶奶有没有找到避雨的地方？下雪的时候，我又会想，那只总是在溪边捕虫子的小黑弟弟，会不会跳到结了薄冰的水面？干旱的时候，我到那些猫出没的老地方逐一放些干净水……但我几乎没有惦记过小旗。就算在某些恶劣的极端天气时，我的脑子里也闪不出小旗的身影。它是那么独立和强大，丝毫不给人担忧的机会。在雨过天晴或者春暖花开的时候，不用刻意去找，就能看到一只橘色的斑纹猫，尾巴竖得笔挺，一声长喵回答你的招呼——看，我很好，糟糕的鬼天气终于过去了。然后，它会停在一棵桃树下，仔仔细细地舔毛。它不胖，毛发也因为缺乏营养而显得暗淡，但是却很干净，鼻子粉红，脖子一圈白毛就像男人讲究的白色衣领，洁白、硬朗，流露出不肯懈怠的努力。是啊，有什么好担心的呢？倘若到最后，小旗真要走上一条通往另一个世界的道路，它恐怕也会挑一个晴朗的好天气出发的，这是它应受到的礼遇。

美好的凝视

在杭州过中秋，赏月的地方有很多可选择，可登高，可临水，甚至可以在历代文人留下的诗画里，索引出一张杭州"赏月地图"：在"万顷湖平长似镜，四时月好最宜秋"的平湖秋月景点，坐在西湖水上大平台，看水面一轮镜中满月，恍惚间，人似乎坐到天上去了，坐在了月亮的身边；提着小灯笼在运河堤上行，垂柳依依处，"波回野渡，月暗闲堤"，行至拱宸桥上，举头望月，脚下千年运河穿心而过，为思念之人捎去情话，过桥，看枕水而居的桥西人家老底子点香拜月仪式，一只圆圆的榨菜鲜肉月饼，等分数瓣，留一瓣给明月分享人间团圆；登钱塘江畔月轮山，攀上七层高的六和塔，硕大的月亮从宽阔的江面横空出世，"月影银涛，光摇喷雪"，钱潮澎湃，大有要将明月泼湿的激情；荡舟西溪上，月亮嵌于野树杂花间，小舟划至芦田，四顾"一片芦花，明月映之，白如积雪"，人被月色牵进了一幅《芦田秋月图》，清风吹，明月动，人在画中行……

月亮只此一枚，不同的景致之下，不同的人眼中，能赏出别样感受。

印象最深的一次中秋节，我跟本地几个朋友兴冲冲跑去西湖边赏月。毫无悬念，景点都是人。本地人，外来人，双双对对的，成群结队的，拖家带口的，拿着荧光棒的，提着小灯笼的，咬着一块嫦娥雪糕的，更有汉服装束的年轻男女如穿越到此……被人流裹挟，奇怪的是，一贯特别害怕热闹的我，却没有想要逃离人潮的急切，受到四周繁喧的感染，佳节倍思亲的愁绪竟暂时被这氛围挤出了胸中。在断桥上，我找到一个空处，抬头看那轮满月，月光如同笑容正照在同样笑嘻嘻的人们的脸上。后来，一位朋友为我们觅到一条游船，说要带我们去数数坊间流传的三十三只月亮。按照游船的线路，艄公划过湖心亭，将我们带至小瀛洲岛。登岛，游人少了些。我们跟着人群往南走，一直走到"我心相印亭"。原来，游客都聚集在那里，远望"三潭映月"，一只、两只地数月亮。天上一只，水中一只，立在湖面三个水塔，每个水塔身上五个小圆孔，灯光从圆孔里透出来，映出水面五只小月亮，倒影相加，一共三十二只。何来三十三只？朋友笑着说，杭州人都知道的啊，还有一只在你自己的心里。大家听了，会心点头。

说到底，中秋赏月，赏的是人的心境。无论出门观月还是居家望月，无论独享清欢还是共享狂欢，明月当头照，人的心中就会亮起思念那一盏灯。我想，传统节日的仪式，除了营造一种文化氛围，更重要的是使现代人被庞杂信息分散的注意力集中起来，将人与自然、与他人的距离感拉近。当我们凝视月亮，总有一种美好的愿望油然而生——花好月圆。

　　记得有一年中秋夜，吃过晚饭，我们懒得找节目了，象征性地瞥了一眼窗外的月亮，便靠在沙发上，循例给亲朋好友发送些祝福语后，我开始刷起朋友圈。果然是满屏都在晒月亮。身处不同地方不同位置的朋友，他们每个镜头里的月亮，意境各异，有的古典，有的现代，有的抒情，有的趣怪，让人错觉所见并不是同一个月亮。突然，我的手机跳出一条信息，是母亲从家乡发来的："现在，快抬头看月亮。"仿佛听到了某种敲门声，我丢下手机，奔向阳台，抬起头，准确地找到了那枚静静地挂在空中的满月。相隔千里，时差不到一分钟，我和母亲的目光一定在月亮上相遇了。月亮就这样消弭了时空，我犹如站在了母亲的面前，站进了母亲的怀抱里。我久久地看着月亮，月亮也看着我，温暖又感伤。

　　今年，杭州的中秋节遇上亚运会，"圆梦"的主题氛围早已遍布整个城市，圆杭州的梦，圆竞赛者的梦。南方的秋天，植物依旧葱绿，鲜花盛开，嫦娥撒向大地的桂子满城飘香。钱塘江两岸的灯光秀，又璀璨又梦幻，映射出一个多彩的天空，好像是递给月亮的一张邀请函。杭州必将在一种美好的凝视下，完成梦想，实现祝福。

中秋的月亮，是因为聚满了人间的凝视才会格外明亮清澈吧。

故乡：默认的连接

十七岁就离开故乡出门求学，之后扎根异乡，我再也没能看到过故乡完整的四季。这么多年来，每每与他人谈起故乡，多半是在说记忆里的那个小城。

位于广西东部的梧州市，与广东接壤，据说在历史上有"百年商埠"之称。而到我出生的 20 世纪 70 年代之后，人们不见得再这么提，他们骄傲地称自己生活的地方为"小香港"，又因它的地理环境特征，更多的人称它为"山城""水都"。除了龟苓膏、纸包鸡、冰泉豆浆等特产之外，梧州闻名于世的是它的"水浸街"。

我在跟外地人说起故乡梧州这个地名，他们几乎第一反应都是：啊，你们那里每年都被水淹。我总是哭笑不得。"水浸街"这个"传统"使梧州的房屋以"骑楼"为主，高高的楼脚可以避免整栋房子被洪水淹没。在骑楼的"脚"上，固定着一个铁环，那是用来系小船的，水浸街的时候，小船是交通工具，那铁环等同于现在的车锁。近年，梧州建了防洪堤，"水浸街"的现象很少发生，骑楼被装饰成了著名的旅游景点。每次走在河东旧城区的"骑楼城"，找找那些锈迹斑斑的铁环，我会想起那个背着大书包，走在一路不见天的骑楼底下，即使下雨也不用打伞的学生妹。

在我很小的时候，就知道有个花花世界叫香港。从西江码头上船，可以一直开到香港，当然，仅限于集装箱里的货物，人要跑到香港，那就叫偷渡了。隔壁那个整天想着发财的叔叔总是说，游水去香港发财。听大人说，他还真的行动过一次，不是游水，是划着自己家的一条小木船，不过并没能走多远，好像到肇庆就上岸了。大概因为我们这个小城处于交通要道上，还没改革开放，这里的人早早就开始做发财梦了。过新年，大街小巷都在放香港歌星许冠杰的那首《财神到》，即使在一间破破烂烂的居民房里，那喜洋洋、催人奋发的歌声也能穿过幽暗的花窗——"财神到，财神到，好走快两步……"

离开故乡多年，我与故乡总是在记忆中相逢，在情感中缔结，在写作中重返。

一、老　　屋

我们家不是梧州市本地人。父亲是广东潮汕人，母亲是贺县人（今贺州市）。20世纪60年代初，父亲在暨南大学毕业后，因为华侨成分的"不良"出身，被支边分配到广西地质队。母亲和父亲相识于在贺县搞"四清"的那段日子，结婚后定居梧州市。即使如此，我们家也是梧州市的"边缘人"。现在回想起来，在我有记忆开始的那间老屋，是很有象征意味的。

父亲在梧州的第一个工作单位是梧州地委矿产局。梧州地委大院远离梧州市中心地区，单位分配给父亲的一间房子，位于连接地委大院石鼓冲的一座山上，我父亲回忆当时的房子，写过一篇文章《挂在半山腰的老屋》。这个"挂"，其实是很能形容当时我们家的情形的——父亲母亲就是"挂"在梧州户口里的外来人。听起来有点世外桃源的浪漫，但事实上那段日子的确相当艰难。母亲告诉我，我出生五十六天之后就搬进了这个老屋。

老屋是平房，只有两间居室，水泥地，门口搭个简易的厨房。这在当时条件都差不多的情况下，并不算特别窘迫，但艰苦的是，这间老屋左右无邻——背后是上山顶的路，左边是农业局的一个大实验室，下班后空荡荡的，各种躺在架子上的玻璃试管、瓶罐，散发出刺鼻的药味；右边是空旷的山野，要走十多分钟才有一个废弃的"独立营"，偶尔能看到有士兵在那里训练，鬼知道他们什么时候来什么时候走，我猜父亲也没指望他们来保护我们。所幸，在老屋的脚下，有几家居民，夜晚，母亲看到脚下星星点点的灯火，才不至于害怕。

每天，父亲母亲要爬山上下班。那时候我们家很少有访客，大概是山路吓怕了父母的同事，再加上那个年月，似乎人人都很忙，除非邻居，很少有人串门扯闲篇。

在这间"挂在半山腰的老屋"，我和哥哥姐姐孤独地度过了童年。姐姐是老大，比我大六岁；哥哥是老二，大三岁。因为没有长得足够大，所以我被禁止跟随哥哥姐姐偷溜到山野里疯玩。实际上，他们疯玩的主要动力是吃——采各种他们能认识的野果。他们也会带些回家给我，味道不是酸就是甜，在那个物质匮乏的时期，酸和甜已经足够撑起幸福的童年生活。现在，我们三个孩子坐在一起回想老屋的生活，就是"好玩"两个字，岂知道，在父母来说，那是多么不堪回首的艰苦岁月。

父亲是一介书生，大学读的是历史系，而他干的工作却跟历史专业没多大关系，他在地质队挖过隧道，点过开山炮，风餐露宿，要是看到过他一贯瘦弱的身板，会觉得他能在那么重的劳力工作中活下来是件奇迹。可是，那个年月，到处都是这样的"奇迹"，因为他们怀抱一个坚定的信念，就是活下去。活下去就是胜利，而不是成功什么的。

父亲母亲总是有很多方法让我们活下去，并且活得相对体面。在老屋的前前后后，父亲开垦了荒地，种蔬菜、瓜果，他自嘲为"潮汕老农"。各个季节，我们都有自种的蔬菜吃，吃不完还带到单位送人，我猜当时父亲最希望的是地里能种出肉来。当然，父亲还养了鸡鸭鹅甚至兔子，这些家禽缓解了我们几个孩子长身体阶段对蛋白质和脂肪的本能需求，不过也仅仅是缓解罢了。胆子一贯小的父亲还跟农业局的职工进山捕过蛇，就是为了让我们能吃到肉——不拘什么肉。

母亲的手一贯很巧，只要有一寸布，她似乎都能将它做成有用的物品。那时候，我们所有的衣服都是母亲缝制，穿得也不比别人差。记忆最深的是，隔壁农业局时常有用完的化肥布袋，母亲跟职工搞好关系，讨了些来，拆洗后，裁剪缝制成内衣短裤，要不是那种月白色的土布做成外衣实在难看，我母亲会把这些土布变成时装。后来我们兄弟姐妹过年回梧州团聚，年夜饭围在桌子前忆苦思甜，常常会想起那些白色的土布衣裤，说起我哥哥当时有一条睡裤，屁股上印着两个字——"尿素"，我们笑得眼泪都出来了。

二、文　　学

如果说，自给自足是父母对抗贫穷的武器，那么，文学就是父亲教会我们对抗孤独的法宝。

既非本土人，又仅仅在梧州只有着十七年的完整生活，我不能说对这个故乡有多么了解和理解，但是，梧州的确是我的文学故乡，不仅是因为这个小城自身具有的历史文化底蕴，更因为成长期家庭给予我的文学滋养。

住在那个半山腰的老屋，话还不会说全，父亲就教我背诵唐诗。我对老屋生活第一个记忆的画面，是父亲趴在地面的凉席上，给我们三个孩子当马骑。那是一个夏天的夜晚，灯光昏黄，父亲跟我们玩得高兴，他高兴的原因是，我们把他教的唐诗一字不漏地背了出来。正值学校放暑假的姐姐和哥哥，也在外边疯玩一天之后，赶在父亲下班前将唐诗背好了。而四岁小小年纪的我，竟然也都背得很好。这是父亲最开心的一幕。事实上，作为文学青年的父亲，这一辈子最开心的事情，就是看到子女走在通往文学圣殿的道路上。

一个四岁的孩子，哪里懂得唐诗的美好，只是出于趋利避害的本能。唐诗就像是幼时的一个诱饵，只要背完唐诗，就有"马"骑，就有水果和糖粒奖励，就有父亲母亲夸奖的虚荣感；反之，则会受到责怪，而即使是声量稍大一点的责怪，也会让我委屈地哭上好一阵子。母亲说，在文学上，我从小就要强。父亲则解释说，那是因为我对文学有特别的天赋。谁知道呢？现在我时常想，要不是因为这间孤独的老屋以及父亲一开始"填鸭式"的唐诗背诵，我今天是否会成为一个作家？

童年就这样，在无聊的老屋，在三个孩子比赛背唐诗、看小人书中度过。通常是，一家人围坐在席子上，背唐诗，听父亲讲老虎的故事，母亲举着扇子为我们赶蚊子。这个场景，是我人生中最初的记忆。

十多年前，我从广州回梧州过年，姐姐提议去老屋看看。一家人气喘吁吁爬上山，那老屋居然还孤零零地"挂"在那里，荒芜、破朽，像个风烛残年的受辱老人。我们一家人看得唏嘘。走进去，发现褪剩一点淡绿色的门板上，竟然还有我歪歪扭扭的几个粉笔字。父亲说，六岁多一点，我就吵着要上小学，因为年龄不足，托关系找了人，参加入学前考试，父亲在门板上教我识了很多字，终于让我考过了。我比同龄的孩子提前一年入学。

就在我读小学一年级的时候，我们搬下了山，搬离了老屋，矿产局在石鼓冲的宿舍楼给父亲分了两房一厅。我们住进了四楼的家，有左邻有右舍，有楼上有楼下，从阳台往底下的街道看，母亲说，楼没有山高，但看下去却更可怕似的。

那次重回老屋看过之后没多久，老屋就被拆了。事实上，那座山的大半都被夷平了，成为房地产开发的一块"肥肉"。

浅绿色门板上的那几个粉笔字，一笔一画，开始构成我对这个世界的认知之旅，同时也开启了我对这个世界的建构之旅。

正如父亲所预料，我的作文比同龄人优秀，每每成为贴堂的范文。十岁那年暑假，我写出了第一首分行的诗，经父亲鉴定，推荐到《梧州日报》副刊发表。大概是那些背诵过的唐诗成长发酵，加上一些早熟的情绪抒发而成。后来我听到有人说，少年写诗，青年写小说，中年后写散文。在我看来，至少前两个阶段是有道理的。少年浪漫，青年务实，中年深沉。我最浪漫的时代，是在梧州写诗度过的。

三、黄金时代

20 世纪 80 年代后期，改革开放之初，经济复苏，文学也获得了解放，相比今天文学的境遇，的确称得上是文学的黄金时代。借由文学而改变命运的，在国内比比皆是。父亲就是其中的受益者。

父亲在大学时代就喜欢写作，经常窜到中文系蹭课、听讲座，由此结识了广东的一些作家、诗人，秦牧、张永枚、郭光豹、韩笑等，在他们的鼓励下，他写诗，也写杂文。在矿产局工作的时候，不时有文章发表在《人民日报》《羊城晚报》《广西日报》等，在当时的梧州，这种层次的发表并不多见。于是，他在四十多岁的时候，得以脱离那个不对口的矿产局工作，调入

《梧州日报》副刊部。文学改变了父亲的命运，同时也注定了我的命运。父亲视写作为最有价值的事，只不过，他们是被时代所耽误的一代，那些未能实现的文学抱负，希望能在下一代人身上实现。他的愿望如此强烈。我们家三个孩子，多少都受到过父亲有目的的引导，但是最终走上文学道路的，是姐姐和我，而坚持到最后的只有我。

整个中学过程，我几乎都沉浸在写作的乐趣中。父亲时常带我到鸳鸯江边散步，在那个黄绿河水交接的界线处，时常暗涌着急流，如同我青春期一起萌动的写作激情。我已经想不起来当时怎么应付其他科目的，学习虽然严重偏科，但整体也并不算差。那时候，全国的校园文学是很热闹的，关注并培养文学新苗似乎是全社会非常重要的一件事情。比较典型的是各个学校的文学社，开展各种各样的文学活动，比如诗文比赛、名师讲座、文学夏令营等等。我中学读的是梧州一中，当时的文学社叫萌芽文学社，在梧州属于很活跃的一个。1988年，梧州举办全国中学生文学社年会，可以说是当年的一大盛事。全国各地的中学生文学社代表集中在诗意盎然的鸳鸯江畔，畅谈文学，大有恰同学少年的意气风发，这在当时的校园文学中形成了很大的影响，也大大增强了我写作的动力。

那个年代，因为通讯很不发达，所以写信交笔友很流行。我时常在国内报纸刊物发表诗歌，小有名气，经常收到全国各地文学爱好者的信。我记得在梧州师范念书的时候，是住校的，每周回家一次，每次回家我都会带回厚厚一沓信。最高兴的就是父亲，他每封都读得很认真。这些信现在一直保存在梧州的老家，偶尔回去帮母亲收拾屋子，会翻出一两封来看。近三十年前的信纸已经发黄，那些不认识的陌生人的笔迹，向我倾吐着自己的文学情怀和理想，现在读来，还能感到那一颗颗颤动的心，同时，满纸洋溢的对写作这项伟大事业的崇拜感，总是让我唏嘘不已。

学校的文学小环境是整个社会上大环境的文学氛围造成的。我很清楚地记得，1991 年我第一本诗集出版的时候，当时的梧州市副市长李培鑫接见了我，并请我上茶楼喝了一次早茶。他说自己花钱买了五十本赠送给梧州的文学青少年，可以想见，文学在当时是很"红"的。由于政府重视文学，梧州文联举行的活动层出不穷，每年定期召开青创会，不定期请著名作家秦牧、紫风、陈残云、张永枚等来举行文学讲座，开展诗文比赛，还请到了著名诗人贺敬之、柯岩来举行颁奖并讲授诗歌……这些都为整个梧州市的文学创作营造了很好的氛围。

已经调入《梧州日报》副刊部的父亲，自然成为梧州文学活动的一个活跃分子。我们家隔三岔五就高朋满座，都是父亲的文友。那个时候，我们家虽然还说不上富裕，但也算得上脱贫了。父亲的文友们时常来我们家，他们畅谈文学的兴致很高，一坐就是一天，母亲还要给他们管饭。因此，母亲的厨艺在当时的梧州文学圈是出了名的，她能用很普通的食材烹出美味，酿豆腐、酿南瓜花、酱油鸭……这些家常小菜通常是文友们来家聚会的一大诱惑。当然，他们最主要还是来谈文学的，有时候恰逢母亲没有准备，就着萝卜干喝光一大锅白粥，他们也欢畅无比。说句夸张一点的话，这些文友们似乎可以把文学当菜吃。

那个时候不兴下馆子，客人来家里吃饭大概是最高的礼遇了。秦牧、张永枚等著名作家，在我们家吃过母亲烧的菜。后来，我跟姐姐放暑假，父亲带我们去广州玩，就住在广州军区达道路诗人张永枚的家。有一次，父亲破例从寄宿的学校把我接回家，原来是香港的诗人傅天虹，广西作家杨克、彭洋三位老师要来我们家，父亲希望能借此机会让我得到点拨。类似这样的机会有不少，我得益于父亲的那些文人朋友，获得了书本之外的创作指点。

这种文友家访、聚会，在那个年月特别常见。那时候没有高铁，坐飞机更是少数人才能实现，万水千山，相见不易，但是，穿省过界只为相见畅谈文学，激情燃烧的人不乏。听父亲说，有的诗人在国内游历，每到一个地方，就算素不相识，两手空空上门拜访，主人都会热情款待，因为诗歌是他们唯一接头的"暗号"，是他们敞开心扉的钥匙。进入 21 世纪的今天，以文学名义的聚会不计其数，各种研讨会、座谈会、采风……然而，同行相见，真正谈文学的居然稀少了。"我们谈谈文学吧……""谈什么文学，喝酒，喝酒……"我时常被这样的拒绝弄得意兴阑珊。

我们家有一套年代久远的工夫茶具，是父亲潮州老乡送的，它在文友聚会的时候是"主角"。广西人对工夫茶并不熟悉，所以，父亲每次都给文友示范茶道，"关公巡城""韩信点兵"……而一切关于文学、写作的话题便由那一只只盛着铁观音的小瓷杯传递着开始了。文学的芳香和温暖，在我的记忆中，总是离不开父亲那套虽古旧却精致的工夫茶具。

四、写作中的故乡

父亲经由文学而被改变的命运在我身上得以延续。在梧州师范毕业后，我因为公开出版了两本诗集（那时候没有自费出书，能公开出版是一种荣誉和认可）而被保送到广西师范大学中文系。四年后，同样因为写作保送读研究生。研究生毕业，又是因为写作的特长而被分配到《羊城晚报》副刊部。2012 年，我调到浙江文学院，干着一份更为纯粹的文学工作。

从桂林到广州到杭州，离开梧州一次比一次远，回家的次数也随着距离的改变而减少。

2002 年，我转向小说写作，有评论家明确指出我的写作是一种"岭南写作"。从 1998 年到 2012 年，我的生活在广州。刚开始，我一直以为我的小说是以广州为根据地。我写出的《骑楼》《多宝路的风》《达人》《少爷威威》等小说，就连街道名也都用广州的。然而，写着写着，我发现自己笔下的广州跟我每天所呼吸到的广州气息并不那么吻合，小说里的广州更多的是过去的广州，无论风物特点、人物气质都与当下难以对应。这个问题我想了很久才找到答案——那个借由广州地名呈现在小说里的，无非是我记忆中的梧州，是潜意识里通过小说返回故乡的种种途径。

梧州跟广州一衣带水，无论是气候、食物、建筑、方言还是人情、风俗，都与广州一脉相承。在历史记载中，梧州曾归属广东，后来才被划到广西，所以，梧州对广东既有地理也有人文的亲近。梧州的流行元素都来自对广州的模仿，梧州人谋生、找财路，第一个想到的就是——落广州。我在广州工作期间，回家探望父母，每遇到熟人，他们都认为我在广州是"捞世界"，是最好的归宿，听到他们最多的话就是：几时返落去？那意思就是说：什么时候回广州？过去国道还没有开通，梧州人去广州只能坐船，一夜到天明就抵埠，是顺流而下的。因此，梧州人去广州不是"上"，而是"下"。这种地理位置和心理归属感，构成了梧州人的复杂心理。梧州人对广州比对首府南宁的亲近感似乎更为强烈，然而相比其他城市，梧州的经济并不见得很有优势，发展的步伐相对也慢些，所以，这里的人有点自卑又有点自尊，既务实又不势利，虽有梦想却缺少野心，虽有想法却容易被吃喝玩乐耽搁。他们更喜欢跟自己人扎堆。我虽身处广州，在感情中却活在故乡，这些感受特别敏锐，不自觉地渗透到我的写作里来了。

写故乡，对于像我这样离家在外的人来说，其实就是写记忆，是写童年记忆。童年记忆就是一张无边无沿的页面，任其无数次敲打回车键，将自己发送回去的每一次都能获取一个新的开头。苏童曾经说过："作家一生的写作都是为了找寻第一记忆，并让其复原。而第一记忆，注定是丢失的。"作家每一次对"第一记忆"的寻找，都会创造出一个世界，而这个世界往往令人恍若隔世。写作在某种程度上来说，出发点就是源自一种恍若隔世的惊诧。

这些年来，梧州的变化很大，过去我们居住的河东市中心，如今已经变成了老城区，市政府搬到了河西，那一带高楼林立，成为新的城区中心。我们家依然住在河东的马皇巷《梧州日报》旧宿舍，也就是那个时代不少文学爱好者摸上门来谈文学的那个家。我很庆幸河东片没有太多改变，这样，每次回去我不至于有太多的失落感。是的，失落感。因为每一次回家，我其实都在下意识地印证记忆，似乎只有这样才能让我找到故乡的感觉：骑楼底下的大排档，巷口的河粉、牛杂店，珠山隧道里的服装小摊，北山脚的酸菜铺，中山路口的凉茶铺……当然，还有母校的校门、西江里的游泳场以及江上的清风……这些进入过我写作中的信物，依然像证据一般向我证实着光阴的流逝。

前一段日子，我请探亲假回梧州看望父母。一打开门，我的口袋里就叮叮咚咚此起彼伏地响了。手机、iPad、电子阅读器中，那些一直在等待登录的端口，纷纷默认连接上了宽带网。这些声音吓了我一跳，就好像踩中了某个机关，某些断了线的机器自动开启。这是上一次回家的时候，我设置连接过家里的宽带，只要在一定范围内，网址缺省、密码缺省，一切的连接都是默认、自然而然。这些网络连接一直沉默着，游子归家的那一瞬间，这些连接统统复活，并奏响了动人的乐曲。

我与故乡之间，从我出生的那一天，就设置了默认的连接方式，那些隐而不见的情感，就是我重返故乡的缺省密码。

第二辑

良渚的眼睛

在 2019 年 7 月 6 日之前，杭州人说起余杭区的良渚，认为它就是一个宜居的地方。依山傍水，远离市中心，房屋和谐融入大自然。的确，对于过惯闹市生活的人来说，这里就是他们理想中的一块绿洲，一个良的渚。在 2019 年 7 月 6 日之后，杭州人说起良渚，声音嘹亮，内心自豪——成功列入世界非物质文化遗产的良渚，不是一个村，也不是一座城，它是五千年前的一个国，是中华文明五千年历史的一个伟大证据。五千年，多么遥远，而这个地方，竟然就离我们那么近。住在这里的居民，推开窗，平日所习见的那幅远景里，清的水，绿的岸，漠漠的良田，起伏的远山，仿佛都笼罩了一层历史的纱帐。只有天上的明月，跟往昔一样清亮，知照着人间五千年的一切。

除了西湖和西溪湿地，良渚现在已经成为外地人来杭州旅游的第三个理由。作为一个杭州市民，我也喜欢去良渚。在良渚遗址公园，抚摸那堵黄色的古城墙，粗糙的颗粒摩擦着手心，心里却有无限细密的时光慨叹。

站在莫角山上，很奇怪的，山虽矮——矮到几乎不能称之为山，但面对足下的低丘，空旷的四周，人的视野竟然可以无限纵横辽阔，直至看到五千年前的先人，在此结庐为舍，夹河筑城，围城构国，日出而作，日落而息，蜿蜒的河道上有独木舟穿梭往来，城内城外一派城与乡的分野。这寂寥的安静中，也曾有过日常生活的喧闹，也曾有过伦理社会的复杂，身处良渚，我总是会有一种虚实交集之感。实的是眼前那些来自远古的历史残片，虚的是无法抑制地在我脑海中复原的生活场景。没有历史传说和文字记载，良渚博物院里陈列的玉器、石器、陶器这些器物纷纷装载着我的想象。一粒稻米化石和一把弯钩向右的石镰，我可以想象良田万顷、风吹稻浪、先民左手挥动石镰的丰收场景；在"草裹泥"的化石痕迹里，我可以闻见北风吹来汗水的气息，冬修水利的先民以南荻草充当泥土的"钢筋"，垒砌一条条堤坝，用智慧和勇敢守护家园；一条珠玉串缀起的颈链，我可以看到它在女子的脖子上，随着身体曼妙地摇曳，在体温的润泽下散发出女性的光亮；而当我久久地驻足于观象台那个回字形的灰土方框内，我捕捉到了一年四季的日影变幻，它准确地指引着先民的劳作……事实上，这些都不是来自于我的想象，而是一场曾经发生过的真实存在，我从那些残片和遗迹中解读出了只言片语的密码。

五千多年前的良渚并不宜居。海拔低，雨水多，沼泽地常常受到山洪的侵袭，人们白手起家，就地取材，修建了十一条水坝，筑起了近十平方公里的水库，成为"世界上最早的水利工程"，这无疑需要勤劳和智勇，更需要一种强有力的信仰。在良渚博物院，四处都能看到一双圆圆的大眼睛。这是从12号墓坑出土的"琮王"上拓下来的神徽的眼睛。神徽是一个半人半兽的图案，多次出现在良渚出土的礼器上，是当时人们进行膜拜的图腾。在以石器为工具的那个时候，雕工竟能做到如此精细，丝丝缕缕的线条，深入玉琮四壁，工匠们怀着无比的虔诚去刻出心中的信仰。那双大眼睛，初看是极具震慑感的，它凝视着外界，神圣而不可侵犯，吓退那些莫测的、不可抗的自然侵害。但在多次注视这双大眼睛之后，我又读到了一种天真的好奇，充满着求知的愿望，了解风雨雷电，了解日月星辰，了解飞鸟野兽，了解神秘的宇宙。这愿望也是一种信仰，在这种亘古的信仰之下，人类得以推动发展至今。当我看到那个被父亲抱在怀里的小男孩，用他胖乎乎的小手指，划着博物院里的电子导览屏幕，睁着一双好奇的大眼睛，一张张图片看过去，我亦会被他那双充满求知欲的眼睛所吸引。这眼神是如此熟悉又久违。处于当今这个信息化时代，我们每天都能便捷地接收到很多资讯，这些碎片化的信息多以点击浏览的方式进入我们的视野，拼凑出一种

"网络世界观"，通常使人只知其一不知其二。这种泛滥的"认知"一点点削弱了我们求知的欲望，阻断了我们求真的步伐。在这双好奇的大眼睛的注视之下，我再次深深地领悟到了考古的意义。一代又一代的考古学家孜孜不倦，注视、聆听着这些沉默的器物，从层累的土层里辨析沧海桑田，从无到有，从残缺到完整，勾勒出了中华五千年文明的脉络，还原出五千年良渚的生活样貌。考古就是面向人类记忆的一次次求知和求真，于我而言，比文物更珍贵的，便是这种孜孜不倦上下求索的信仰。这是良渚对我的一种启示。

最近一次去良渚，是在良渚文化村"大屋顶"的晓书馆，参加一个读书分享会。书馆宽敞明净，书架从地面一直升至屋顶，沿着楼梯拾级而上，随手就可以取到一本心仪的书。我比活动预定的时间早到了些，便坐到落地玻璃窗边的桌子前，看着良渚的远山淡影，内心沉静。我坐了很久，直到视线被夜色慢慢吞没，又被灯火一点点拉远。分享会结束已经是晚上九点，走出"大屋顶"，我习惯性地抬头看一眼天空，明月在上，就像夜空中的一只眼睛看着我。这是良渚上空的月亮，是当年的月，是此刻的月，也是未来的月，它见证过也必将继续见证着人类文明的发展，它凝视着人，而与此相关的所有时间，正因为人的存在才获得了意义。

每一条街道都通往钱塘江

像我这样的外来人，认识杭州几乎都是从水开始的。在我看来，西湖犹如一阕优雅婉转的古典轻音；运河则像一曲充满起承转合的人间小调；而钱塘江呢，就是一支多重复调的交响乐，宽阔又深邃，时而沉静，时而澎湃。它们共同构成了杭州这座城市的性格。

这两年，由于工作变动，单位所在地转至钱塘新区，我对钱塘江的亲近比西湖和运河多了些。每次下课后，从学校门口出来，仿佛是远处传来的潮声在不断召唤，我总是会不自觉地一路向东，十来分钟，人就站到了钱塘江大堤上。江水浩荡，时有浪潮翻卷，裹着潮气的风扑到人身上，不软不硬，令人不拒。或许是江面实在太宽阔了，依稀可见的边界处，即使可以辨认出城市密集的高楼，亦不会让我感到繁喧和躁动。脚下的江水会让我觉得自身的渺小，而这种渺小的感受，并不使人丧失力量，反而得到了一份沉静的力量。

眼前的钱塘江，时时让我想起十多年前与金庸先生的一次会面，在香港位于北角的金庸先生办公室。彼时恰逢《金庸全集》新修本出版，话题自然就多围绕"修订"。印象很深的是金庸先生谈到修订《射雕英雄传》的细节。小说最开始连载时，是以那首著名的诗歌"山外青山楼外楼，西湖歌舞几时休？暖风熏得游人醉，直把杭州作汴州"为开端；修订版则不再以古诗带出历史，而直接以一个苍劲有力的场景描写进入故事："钱塘江浩浩江水，日日夜夜无穷无休地从临安牛家村边绕过，东流入海。江畔一排数十株乌桕树，叶子似火烧般红，正是八月天时。"除了因为新设置了说书人的小说结构需要之外，先生认为钱塘江本身就是一条富有历史气概的江，它有着见证者的力量，它当属于"英雄传"的一分子。出生长大在钱塘江边的金庸先生，晚年时用文字郑重地写下记忆中那条江水，既是情感亦是情怀。我犹记得那个午后，阳光透过落地玻璃窗披在先生的身上，窗外碧水蓝天，维多利亚港阔水深，想象先生在此伏案，抬头见海，笔下流出一条钱塘江，有一种沉静的感动。我对钱塘江最初亦是最深的印象来自这次聊天。想不到，十多年后，钱塘江竟然成为我日常生活里的一部分。我跟生活在这里的钱塘人一样，喜欢抬腿就能到达江畔的生活，喜欢它潮起时的壮美，亦喜欢它宁静时的沉稳，喜欢它拍打堤坝的顽皮，亦喜欢它奔向大海的背影。

在堤坝上，转过身，钱塘江在我背后，眼前就是一座实实在在的城。道路、高楼、车辆、人流、树木，现代化的步伐稳健地落在地面，简直很难想象，我脚所踩着的地方，以及我视线所及的这一切，曾经是一片汪洋："一年三坍江，满眼白茫茫。人似沙头鸟，漂泊居无常。"钱塘人用半个多世纪经过几次大规模围垦，一手一脚创造出了这一切，犹如新大陆。钱塘新区是钱塘江怀抱中最年轻的一个区。如果说钱塘人用艰苦卓绝的围垦，使潮水与大陆得以拥抱，人们在此生生不息，那么，钱塘新区的成立，可以看作是下沙与大江东的拥抱与融合，人们在此创新发展。过江隧道、快速路、地铁、大学城、未来科技城、商业中心、药港小镇……人们珍惜先辈从河流中取出来的绿地，安居乐业，并将它延展、打造为杭州的又一个产业高地。从河流到陆地，从陆地到高地，钱潮的基因延续在钱塘人的生命里，朝气与活力，勇气与魄力，用围垦的精神在新时代筑造新的繁华。

去年秋天，我随钱塘作协的朋友一起游钱塘。车子穿过高楼林立的下沙，不一会儿便停在一大片田野边，短短半小时内，人如同从现代都市穿越到了乡村田园，进入了另一种时空。当地人指着稻田尽头那些新净的房屋告诉我，这里是江东村。灰瓦白墙，村庄掩映在金黄的谷粒之间，宛如一幅油画。我们沿着小路进村，不时看到驱车前来游玩的客人，给身边的孩子指认着田里的庄稼，手指轻轻触摸着植物，仿佛破解一种久违的密语。村内古风淳厚，农家小院花团锦簇，一派安于都市喧闹之外的祥和。事实上，钱塘新区从都市的掌心里留出了很多亲近自然、重温农事、了解传统文化的地方，由于近年来交通的便捷，这些地方已经逐渐成为网红打卡地。在新围村，图文并茂还原围垦往事，感受钱塘人艰苦实干的精神；在义蓬老街，寻找消逝的古韵，走在青石板路上，坐在老街书房里，耳畔木门一声吱呀，故人往事从纸上纷至沓来……

　　地处东部的钱塘新区是杭州迎接第一缕阳光的地方。曾经有一个清晨，我从城西的家里出门，几乎穿越了大半个杭城，赶在日出之前到达下沙。车刚从高架下来，我就迫不及待地问司机，这条路能到钱塘江边吗？司机响亮地笑了出声，告诉我，在这里，每一条街都能到钱塘江。我才知道，这里的道路纵横交错，如同在钱塘大地上写下一个"井"字，但无论从哪一条道路出发，最终都能到达钱塘江。整个城区就在钱塘江的环抱中，人们无论地理上还是精神上，对这条江的依赖都是如此直接，如此明白无误。当我终于到达临江的湿地公园，置身一片花树丛中，远眺江与天交接的那个地方，只见一点点的银光正渐渐转变为金色。没过多久，红日跃出江面，整个东方笼罩在一片霞光之中，教人分不出江与天。我听到金色的河流在涌动，仿佛在奏着一支宏阔又深沉的交响乐。水鸟在我四周雀跃，继而翩翩飞远了，它披着一身霞光，为城市里的人们衔去了最早的那一缕阳光。

绿的运道

　　河道如同城市里的毛细血管，将氧气和营养输送至寻常百姓间，这些营养更多在于供人精神上的汲取。一道河，两边岸，城市里的河岸，使人们从喧嚣的马路上退避下来，从行色匆匆的人潮中疏离出去。走在河岸的步道上，人们会自觉地慢下来，与河水的流淌节奏几乎保持一致，一边欣赏脚下斑斓的杂花，一边看河水无声地梳理长发般的水草。岸边蓊郁的密树是天然的降噪耳机，将近在咫尺的都市闹声隔得依稀可闻。这样走在城市里，心里会涌起些浮生里偷片刻闲的幸福感。在杭州，长长短短的河道计有三千多条，那就意味着有六千余条花树簇拥的河岸在街头巷陌伸展。这数字算得上是奢侈了。都说江南人擅长精打细算过日子，他们从空间里抠出绿地，从实用中抠出"无用"，而那些一点点从现代社会发展中抠出来的部分，渐渐拉近了人与人、人与自然之间的连接。

　　我定居杭州的第一年，住在拱墅区。从住所小区的一个侧门出去，就是著名的京杭大运河。河面不算很阔，水也不急，两岸绿树环绕，像给运河围上一根长长的绿色丝巾。这条紧紧挨着运河的绿步道，杭州人将它简称为"运道"，横跨杭州主城区，从石祥路到三堡船闸，绵延三十一公里，全程步行，无阻无断，就像是人们为了能在岸上护送大运河一路出城。杨柳飘飘洒洒垂落水面，香樟树常年散发着淡淡幽香，桃树、樱树、玉兰树次第开花，而在低处的绿化带里，绣球、茶花、月季、波斯菊、三色堇……花团锦簇，香风夹岸。在主城区有这么一条规模的绿道，舍得无视地产商的觊觎，实在说得上是政府的大手笔。如同江南的绿植从不轻易放过每一个季节，装点两岸，这里的人们，从不肯放弃与运河与自然亲近的距离。

一点不夸张地说，这条"运道"为我的迁居生活带来了心灵上的安抚。初来乍到，人难免会有些惶惑，好在有这条"运道"陪伴。那段时间，无论晴雨，我都要沿着"运道"走一阵。有时往南，经过青园桥，走到武林门码头，看外地来的络绎游客从码头登船，不一会儿，船鸣笛一声，他们就坐在运河里了，我这个闲庭信步的人便成为他们观光的一部分风景。更多的时候，我会往北慢慢走，穿过潮王桥、文晖桥，踩着青石板路，一直走到拱宸桥。走着走着，就好像走入了这里的日常生活，融入到这个新居地。站在某个树荫下，读读那些石碑上镌刻着的字，或者扫一扫某个桥墩上的二维码，我很快获得了与脚下相关的历史掌故，而沿岸的运河历史博物馆和刀剪剑、扇、伞手工艺艺术馆等开放设施，点点滴滴为我串联起杭州城的过去与现在。我最喜欢坐在沿河的那些亭台里，听附近的居民拉二胡、唱越剧，有时围在一群扑着扇子的妇女旁边，听她们讲家长里短，杭州话不是太难懂，半听半猜也大致能明白。有时，我还会作为一名象棋的围观客，忍不住加入正在对弈的关键局面，或者在健身器械区，跟那些扭腰健骑的大妈们交流一下养生经验……跟我一样，人们喜欢这条抬腿就能到达的"运道"，迎着朝阳慢跑健身，在黄昏中散步消食。或凭栏远眺运河水，感觉城市不再逼仄；或独自坐在长椅上发呆，放空一切情绪。绿道足够长，空间也足够大，人总能找到一处清净的地方，平静梳理各自隐秘的心结。

要是上班不赶时间，我会放弃可直达单位的大马路，选择走那些隐于城区里的弯弯曲曲的河岸。水面笼罩一层薄薄的雾气，倒映着岸上的花树，看过去就像一幅印象派风景画，很是赏心悦目。鸟雀们并不忌惮行人，叽叽喳喳在开早会。松鼠拖着粗壮的尾巴，从这个枝头跃到那个枝头，它不惧人，我停下脚步与它对视，看它小眼睛滴溜滴溜转动着，好像在揣摩我的心思。等我走开很远，再回头看，它还伏在那个树梢上看我，仿佛是目送我上班。这种相遇，是我上班途中的一大乐趣。我有一个朋友，每天清早先从家附近的拱宸桥码头搭乘最早一班的水上公交，三块钱，到武林门码头下船，再一头钻进地铁到达单位。避开早高峰车流拥堵的烦躁，他称那一程半个小时的水路，是每天上班前的"希望之路"。可以想见，他坐在船头，迎风劈水，绿道相送，朝着前方林立的广厦乘风破浪而去，一日之计，踌躇满志。

这些年，逢着除旧迎新的大年初一，杭州人自觉形成一种新风，从四面八方赶过来走走这条绿色的"运道"，拖儿带女，呼朋唤友，穿着漂亮的新衣，一年之计，与绿同行，预示着整年的生活都走运。受惠于城市里的绿色生态环境，人们对绿色形成了一种信仰，城市里的绿道不再只是一种景观，而成为一种重要的日常生活态度。说到底，人对于融入或回归自然的期待，是与生俱来的本能，人类从自然中获取各种能量，不仅是物质的，更是精神的。人们日益笃信绿水青山通往金山银山之路，就是这样的一条条绿色运道，这运道不仅通往财富，更是通往城市的命运，通往人的命运，通往未来的一切。

与人亲近的莱山

在龙口七甲镇，从安静的院下村进入，我第一次看到了莱山。《史记·封禅书》中记载："天下名山有八，而三在蛮夷，五在中国。中国华山、首山、太室、太山、东莱。此五山黄帝之所常游，与神会。"东莱，指的就是我眼前这座莱山。不算高、不奇崛、不孤傲、不蛮霸，土黄色的山体，似乎是塑于蓝色天空里的一座浮雕。进入我视线的莱山，因不受任何遮挡而显得巨大，就连云朵也悄悄地避闪在它身后，日光对它也格外温柔。

我登过很多山，有历史上显赫于世的名山，有当下急促命名的网红山，不少地方往往先声夺人，过于用力做文章，而又在山间密集商铺的旅游纪念品兜售中露出了俗气的马脚。说实在的，第一眼看到莱山时，我觉得跟它的地位是极不相称的，因为它过于与人亲近了，完全没有名山的架势。近四千多年的历史，是历代帝王祭山祭神的必选之地，四十七峰七十二涧十八大夼，单拎一处大做文章都可晒可炫。然而，莱山就是这个沉默的样子，宠辱不惊。像莱山这种不加修饰的低调，你可以说是原生态，也可以说成是不迎合时代，似乎除了显赫的历史记载之外，并没有再多刻意的炫耀。就连上山的路，也是从山体上就势凿阶，让人深一脚浅一脚，体会"爬山"二字的真正意义。

当地人指着深沟底那两条平行的棱印告诉我，这是当年秦始皇乘战车赶山时轧出的两道车辙。那语气，自然，笃信。莱山有许多传说，不是现代人为制造噱头的虚构，而是祖祖辈辈层累、流传下来的故事，从未间断过。沿着这些故事，从真定寺的断壁残垣里，可以听到当年黑虎禅师的敲钟声；从跨溪南北的那座方桥上，可以听到文人雅士对月吟诵的诗句；站在三岛十洲的石刻之下，可以看到海中缥缈无极的仙岛；遥望莱山顶的日照阴影，可以看到一只黑虎的凛凛威势……这些传说，虚虚实实地构成了莱山的每一块石头、每一处沟壑、每一个年代。

民间传说的生命力，并不在于其虚玄、神妙的程度，而在于其总是承载着人们美好的愿景和情感，不造神，不媚仙，不惑众，近身于人们的生活，才得以口口相传。围绕莱山，我听到了很多当地人相传的故事，竟不觉得无解和离谱。莱山八景之一的古洞朝阳，根据《登州府志》记载，唐太宗东征时，行至此洞，有二黑虎挡路，车马莫敢过，在洞内修行的黑虎禅师呵之使行。唐太宗又询问东征之事，禅师答曰：决胜。唐太宗果然凯旋，为禅师建寺赐名"真定"。黑虎洞口只有半人高，洞内也只有六尺高，我蜷缩着身子钻进去，就着洞口的微光才看清，洞不到十平方米，只能容七八人站立，洞顶被一块巨大的岩石压着。适应了洞中的黑暗后，我发现洞中央一块石壁上，挂着一只小蝙蝠。此时是四月，春风从洞口吹进来，带来万物复苏骚动的消息，但这只小蝙蝠却一动不动。任我们几个人在洞内用声音干扰、用手机光照，有人还用手去碰触它，它亦不为所动，就像死去了一般。我想，这大概是一只生病了的蝙蝠，在黑虎洞里疗伤，以期得到传说中两只黑虎的庇护。这想法不是没有来由。抗战时期，莱山曾建有我党的兵工厂——胶东第一兵工厂，在真定寺内创办了我党在山东省最早的抗战报纸——《大众报》，当时所印的报纸就藏匿在这黑虎洞内，得以躲过日本兵的大搜捕。人们都说，日本兵是被守洞的两只黑虎骇跑了。越千年，两只黑虎依然成为人们的庇护，融入人们的日常生活中，如此之近。两只黑虎，是虚构之物，也是真实的情感与愿望。在洞中，我跟那只倒挂的蝙蝠一样，等待朝阳之光穿洞而入，照见心底美好的信仰。

莱山之近，就因为它跟这些传说一起，容身于寻常百姓家。如同山边那个不起眼的"大土堆"，却是春秋时期莱国的故城墙。隔离带并不森严，几乎伸手可触，与当地居民住户相距亦不超过五十米。傍晚的炊烟升起，远远看去，就像城墙里还护着一个莱子国的生活全景。三千多年的时光和距离就折叠在这方土堆后了。

观莱山归来，夜宿万松浦书院。书院的人拿出一部厚厚的《徐福传》给我看。这是万松浦书院历时十年编著的成果。据考证，徐福就是龙口人，当年秦始皇遣他率三千童男童女出海寻找长生不老仙药，一去不复返。一支消失于茫茫大海的队伍，留下一连串的谜团，令史学家苦苦求解。虽然有多种论证，而我则一厢情愿地相信，这是一次不得已的逃匿。世间何来长生不老的仙药？徐福何尝不知归来的下场？我甚至一厢情愿地相信，逃出生天的徐福一行人，融入茫茫人海中，在某处开枝散叶，繁衍生息，也许，白天在街头与我擦肩而过的那个美丽女子，就是流着他们血脉的后人，如此近，如此真。我知道，我的这种一厢情愿的相信，皆来自一种美好的愿望，如同每一个传说背后所隐藏着的人的愿望。

在万松浦书院的墙上，挂着一张张作家照片，我一个个认过去，感到无比亲近。他们笔下创造了多少故事，写过了多少生离与死别、多少爱恨与恩怨，虚虚实实的故事表达着动人的情感。正是这些情感使得纸上的文字与人亲近起来，流传下来。

在梧林读侨批

　　第一次到晋江，却并不感到陌生。世纪大道两边深紫浅紫的羊蹄甲花，老宅子门前气根壮实的大榕树，灌入耳中七声八调的闽南语，以及扑面而来的那一阵阵软润的冬天的风，都让我恍惚曾经来到过这个城市。这是一种奇妙的感觉。直到在梧林那间侨批馆里，看到墙上陈列的一封封家书，一只只四角用红蓝色块框起来的航空信封，一枚枚缺角破损的异国邮票，我才进一步确认这种熟悉的感觉，来自我童年记忆中那些旧人旧物。

　　作为一个"侨三代"，我有一个从未见过面的华侨爷爷。爷爷在父亲刚出生不久，就跟着村里的壮年一起到泰国谋生，一去就是四十多年。父亲仅存着爷爷一张黑白半身照，年轻的爷爷穿着西服，大背头，高鼻梁，目光深邃。那张照片顶端印着一行小字"南洋照相馆"。我无数次看过这张照片，但却一次都没见过照片中这个人。与爷爷相关的，还有几封被父亲像宝贝一样珍存下来的信。这些信在父亲家乡潮州话里叫"批"，跟晋江的闽南语一样。这一封封侨批，就是爷爷存在过的证据。纸上字迹漫漶的寥寥数语，诉说着爷爷彼时的境遇和思念，而在那些信的末尾，总会有对托带回家的钱物的几句交代。"侨批是海外华侨华人寄给国内家乡眷属汇款和书信的合称"，我在梧林侨批馆的墙上读到了对"侨批"的解释。从情感到物质，"侨批"是侨眷在艰难时世的唯一支撑，也是华侨在外敢闯敢拼的动力和信念。

晋江"十户人家九户侨"，20世纪初，像我爷爷那样远渡重洋到东南亚谋生的大有人在，像我奶奶那样站在门口翘首苦等"侨批"的眷属比比皆是。"起厝建业"是晋江华侨的宏愿，如同燕子衔泥归家筑巢，华侨在外边赚了钱，第一件大事就是返乡起大厝，既是为家族光耀门楣，更是为后代立起表率。在晋江，无论是繁华的商业中心五店市，还是"十五分钟生活圈"的休闲区梧林村，皆以一大片红砖红瓦的大厝为主要建筑。红砖大厝稳稳地附着于土地上，而屋顶却清一色地飞扬，从某个角度看过去，如划过天空的羽翼。这种"燕尾脊"是红砖大厝的一个重要标志，屋脊的线脚向外延伸，凌空分岔，像极了燕子的尾巴。而在这些屋脊的下方，必会砌有一道凸起的横槽，那是人们专门预留给鸟儿栖息的位置，名为"鸟踏线"。大屋顶上栖归燕，鸟踏线上留倦鸟，这是中国传统"家"的意象，也是游子思乡最为直接的心境。这一间间在晋江土地上立起的大厝，何尝不是华侨们写给故乡的一封封侨批。

晋江华侨最密集的梧林村，如今仍保留着最为完整的华侨建筑群。有红砖厝，也有小洋楼，中西合璧，见证一代华侨的奋斗历程。洋楼虽是外番建筑的模样和格局，但无一处不充斥着中国元素。花岗岩大门框上有古朴的中国山水楹联，门路看埕堵上篆刻着古诗、格言权当家训，使后人于进出之间获得熏陶与教益。在一座五开间两落的双层楼上，更将"胸怀祖国"的四字牌坊立于门楣。最触动我的，是一些未曾修葺完整的楼宇。那栋矗立在村中地势最高处的"五层厝"，从外部看，主楼已完成，罗马柱贯穿于五层楼间，刚健典雅，围栏雕砌，待推开紧闭的铁门，没想到室内竟像是今天尚未能交付的"毛坯房"。当地人告诉我，这栋"五层厝"建于1936年，主人蔡德鑨是个成功的华侨企业家，先后四次返乡建厝，"五层厝"是他精心斥巨资所建。大楼主体完工时，国内抗战爆发，蔡德鑨及其家族心系国之危难，投身抗日，慷慨解囊，将准备用于装修的钱悉数捐赠出来支持抗战。如同摁下了时间的暂停键，"五层厝"以一种"过去进行时"的时态，停留在了那个年月的记忆深处。在梧林村，类似"五层厝"这样，先国后家，为成全国之大业舍弃家之小业而未曾完工的建筑有不少。那栋西式钢筋水泥建筑"朝东楼"，华侨主人别出心裁设计了当时国内罕见的电梯，却由于捐款抗日，电梯没能安装上，如今空留一深井。我站在电梯井底部仰头看，如同看到一截幽深的命运之咽喉，诉说满腔热血的家国情。这些未曾完成的建筑，就像是一封封修自烽火年月的侨批，从过去寄往了今天，从乱世寄往了和平，让驻足于此的人们收到了一封封不能忘却的纪念。

时至今日，晋江侨的身影仍无处不在，以一种"反哺"的姿势雀跃于晋江的建设中。晋江侨的经验更是"晋江经验"重要的一种，他们爱拼敢赢，勇于创新，心系家国，在海外获得了财富与名望之后，如燕子一般，衔食喂母，报效家乡，为晋江这座城在中国改革开放史上书写了华丽的篇章。在养正中学新校区，我看到一座座气派的现代化教学楼，这些楼多以捐资者的姓名来命名。如此光明正大，不避不讳，并不是出于个人的虚荣，更不是借此扬名立万，而是为了明确地将自己的责任与大楼的运行紧紧相系，以期自己的后代能一直延续对大楼的投入，同时也为了激励更多人来此捐资教学。我沿着那一排排高楼走过去，看着那些于我而言相当陌生的名字，如同看到一封封满怀希冀写给未来的侨批。

"自从别后，念切依依，心注遥遥"，这是梧林侨批馆墙上一封家书的开头语。事实上，我读到很多侨批都有着类似的开头。我不止一次看过父亲夹在书架深处的一封信，因为年深日久，折叠处几欲断裂，展开信纸需小心翼翼。爷爷的字清瘦有力，短短数行，是一个父亲对儿子节制的思念和殷切的嘱托："唯望吾儿勤力读书，出人头地，报效祖国……"这个我未曾见过面的华侨爷爷，未能遇到好的时代，直到耄耋之年方得以落叶归根，与早已离开人世的奶奶共葬一墓。跟当时很多普通的华侨一样，爷爷并没能在海外闯出一番广阔天地，也没能返乡起厝建业，但我父亲却依靠他的一封封侨批，获得成长过程中的经济支持与精神鼓舞，从一个贫寒的农村家庭走向了重点大学，最终得以改变了命运，过上了好生活。在晋江数日，我总是会想起那个未曾见过面的华侨爷爷，注视着一只栖在"鸟踏线"上安静地梳理羽毛的小鸟时，我忽然很想给他写一封信。

与日永扬

　　从烟台去往莱州，全程高速。莱州有着一百零八公里的海岸线，在高速路看不到的一边，有海，而另一边则是不时扑入我们眼帘的大泽山脉。东南山，西北海，从地图上看，莱州枕山襟海，像个金元宝的形状。有山有海的地方，历来物质和文化资源都丰富，莱州自然不例外。自西汉设置掖县后，这个地方就一直是胶东半岛的政治经济文化中心，古代的"海盐之饶""山海之利"沿袭至今天，依旧使处于时代巨变中的莱州拥有着广阔的发展前景。同时，因为山与海两种截然不同的自然属性，也造就了莱州独特的人文个性，如同山峰的耿直、刚硬，海洋的包容、温柔，莱州的人文也有着刚柔并济的特点。刚柔并济，开放包容，莱州得以一以贯之地和谐发展。

　　众所周知，莱州是书法爱好者必到的打卡地。在民间有一种说法，练书法的人，去莱州，如同蘸墨前洗笔，下笔前净念。著名的云峰山可以说就是一部书法典藏。云峰山不算高，海拔三百多米，但因为山上奇石嶙峭，视觉上使人觉得陡峭。或许是怀着一颗慕拜之心登山的缘故，跨入山门，沿着石级向上登爬，我竟觉力有不逮，需缓行。从山麓至山顶，分布着历代名人摩崖石刻三十五处，《论经书诗》《观海童诗》《咏飞仙室诗》《耿伏奴题字》……碑碑皆驰名，可谓壮观。由于云峰山的石质坚硬，这些石刻历经千百年，依旧保存完好，字迹清晰。远观，刻石与山谷融为一体，于天地之间，于古树庇荫之下，于斑驳的时光投影中，它们凝固了书法家挥斥方遒的一个个瞬间，铭录下了中国书法瑰宝一段时期的发展证据，何其珍贵。近看，深嵌石体的笔画与天然四溢的石花，共同抒发着书法家的意与念、功与力，仿佛能听到毛笔的柔与岩石的刚互相摩擦、彼此造就的声音，能听到书写时发自胸臆的气息，能听到刻工伏于岩上细致勾勒的心血滴答声。登云峰山，真的犹如一次寻宝之旅。

使得云峰山享誉世界的，当属位于山腰上郑道昭的《郑文公下碑》。这块高三点四米、宽四点六五米、厚四点四米的魏碑，是历年来书法大家临摹、精研乃至革新的基石。石刻保存于一座精致的赤色亭子里，门上有赵朴初先生题字"郑文公下碑亭"。门一推开，这块不规则三角形巨石竟散发出一股特殊的气味，好像一千五百多年前的笔墨芬芳扑鼻而来。我曾在很多印刷物上看到过《郑文公下碑》的拓本影印，但见到这石上的真迹，如同初见般震撼。终究，刊刻在石上和拓印在纸上的感觉殊异。在纸上，更多的是审美和示范的意味，而在石上则带着岁月的沧桑痕迹，带着郑道昭笔墨以及身体的温度，令人浮想联翩。我附身凑近石碑，去找那两个著名的"礼"字。历来书法史对于《郑文公下碑》的探索和研究，认为除了书法的价值，还有一重变革的价值——北魏始，隶书向楷书转折，从这块碑上可考出郑道昭书法之重要意义。碑上的一千二百三十六个字，是隶楷之极，也融合了两书的特点，因而方圆兼施。以我对书法粗浅的理解，"礼"字在这里两种写法风格也不同。繁笔的"禮"，以隶书笔法为主，因而圆润凝重；简笔的"礼"字，则楷书写法居多，因而方正有棱。去繁就简的隶楷两书风格，在郑道昭的笔下既矛盾又统一。这难道不是任何发展转折期的卓绝之处？而写出这一笔，不是我们肉眼所见的那么简单，而是书法家毕生的浸淫和领悟所致。久久站立于这块碑石之下，我心生出一种崇高感。五千年中华文明的传承和发扬，正是不断地经历着矛盾和统一、扬与弃、常与变，才得以成就今天的辉煌，如同郑道昭在这块碑上书写时的性情和造诣，以及那些不为后人所知晓的想法和情感，成就了莱州灿烂的书法宝库，成就了"中国书法之乡"。这就是人文的力量，任哪个世代从哪个角度去感受都能造化于人。

陪同我一起到莱州的烟台统战部孙国斌副部长，土生土长的莱州人，他指着身后的云峰山脉告诉我，抗日战争时期，当地百姓用担架运送解放军伤员到后方，有一条秘密交通线，其中一段要翻过这座山，通往西海地下医院。在前王门村的西海地下医院旧址，村民林辉芝大娘站在大太阳下，向我讲述父辈在这里救护伤员的故事时，也是用手指着西北方向一个看不见的地方说，云峰山是救护伤员最艰险的一段路，为了躲避日本兵，他们只能夜晚行动，困难重重，在这段山路上牺牲了不少百姓。在她手指着的那个看不见的地方，我知道，就是我刚刚还赏心悦目、击节赞赏过的书法宝地——山林蓊郁、山谷清幽、一派岁月静好的云峰山。听林大娘讲起那段历史，我感到心情复杂和唏嘘。当年老百姓营救伤员，云峰山是多么让他们发愁甚至发恨的地方啊。同一座山，同一段山路，和平年代是美好的景致所在，而在战乱年代却如同鬼门关。这吊诡的逻辑难道不是战争的荒谬所在？不是和平之珍贵的最直接最明白无误的辩护？

著名的西海地下医院是 1942 年为应对日伪军"拉网扫荡"所设立的医疗根据地。如同地道战的使用原理，六个医疗区横跨四十多个村庄，每个医疗区都在地洞秘密互通，"村村有地洞，洞洞可住人"，军民齐心，共救助了两千多名伤员。看着墙上那张手绘的"地下医院交通路线示意图"，错综复杂的网络地形，竟然就在敌人眼皮底下人工建起来，简直太不可思议了。前王门村是当时的医疗中心所在，如今，在一个洁净的院落里，保留了部分当时遗址，基本复原了当时的旧貌。炉灶内、水井下、箱子下、草垛里、猪圈里……在这些不起眼的地方，隐藏着一个个入口。这隐秘的机关，是一条条生命通道，当然，也是潜伏于百姓日常生活的一个危险炸弹。为了掩护伤员，老百姓全体动员，男女老幼，与日军斗智斗勇，在这里上演了多少可歌可泣的感人故事。

钻进只能容一人进身的井口，我踩着井壁凸起的石头，手脚并用，艰难往下爬。到底，进入一条狭窄低矮的地洞，低着头摸黑前行十米左右，眼前豁然开朗，竟然是一间病室。病室大约四五平方米，依墙摆放着一张病床。说是病床，仔细看，其实只是两张八仙桌拼凑起来的。在潮湿的墙壁上，凿有一个凹槽，上面放着一盏煤油灯。复原的这间简陋的病室，为了便于我们参观，被日光灯照得通亮。林大娘告诉我，当时，洞里不见天日，黑咕隆咚的，只是在治疗时点一盏煤油灯。我在洞中闭上双眼，人为地让自己置身于黑暗中，用手抚摸着冰冷潮湿的墙壁，耳朵里听到的是空旷而荒凉的回声，同时，一种沉闷和压抑袭来，我感到呼吸也开始不匀称了，几近窒息。就那么一小会儿，我就有了不适感，赶紧睁开眼睛，安全地被一片光明拥抱和温暖。可以想见，在这空气稀薄、黑暗逼仄的洞中，疗伤、救治、护理，人们需要多么强大的意志力，又是多么坚定的信仰在支撑着他们啊。"伤员在洞里，久了，想看日头啊，老百姓布置好放哨工作，很困难地将伤员从狭窄的地道里背出来，背到这个院子里晒太阳。背出来费劲哪，又怕敌人突袭。有的老百姓想办法，用镜子放在太阳底下，把阳光反射进洞口，不过也只能照进一点点，没用，还是得背到院子里，晒太阳，舒服了，伤能快点好……"这些记忆的细节，林大娘从父辈的转述中打捞出来，她应该是讲了好多遍了，但她每一次讲述都不会失去耐心，仿佛这是她活着的使命和荣光。置身于低矮的深洞中，我幻想那些经由镜子反射进来的光斑，历尽曲折，像蝴蝶一样在黑暗中蹁跹起舞，如同等待光明到来的人们心中美好的向往和信念。

莱州的革命斗争在中国革命历史上占有极其重要的位置，在抗日战争时期，建立山东省第一个抗日民主政权，建立胶东最大的抗日武装，建立山东省第一家属于民主政权的北海银行，建立西海地下医院……这些可圈可点、可歌可泣的革命事业和革命精神，是莱州人铭记、宣扬的宝贵财产。莱州的革命传统文化在赓续和发扬中，一直保持着创新守正的特色。在莱州的城市地标掖县公园，我看到月季广场上鲜花簇拥，三三两两的市民在休闲漫步。1988 年，掖县撤县改莱州市，公园坚持用掖县命名，再贴切不过。老一辈居民到此，从民俗园栩栩如生的情景再现里，找回了旧时光的模样，卖麻渠大糖的老汉，打陀螺的孩童，如同过往生活的倒影，令人怀想。在那间房顶铺着厚厚的海草的屋子，人们闻到了久违了的生活气息。对于年轻人而言，这里则是了解自己家乡文化的词典。名人大道上的珠算鼻祖徐岳、明代大学士毛纪、"左伯纸"的创造者左伯、写出家喻户晓的《寒窑赋》的吕蒙正、核能之父卢鹤绂、掖县共产党组织创始人郑耀南……有文人有武将，是名人更是能人，从这些铜像身边走过，简直就是在走一条星光大道。掖县公园位于莱州市中心，黄金地带，舍得辟出如此大的空间，以展示莱州的传统文化、民俗风情，不是莱州人偏爱于怀旧，而是莱州人对传统文化的骄傲和珍视，并深知传承是发展的基底，正如没有一块质地坚硬的岩石，何以能成就一块举世无双的魏碑？一千五百多年前，郑道昭识得云峰山的石好，书丹上石，以期"刊石铭德，与日永扬"。今日的莱州也如此，将革命的传统和文化的精髓，以现代化的种种方式刊刻于这座城市，以期这些精神和风气与每日升起的太阳一起，照亮这未来可期的发展前路。

杭州的虚与实

关于杭州，已经被历代太多文人留下了文字的赞美，作为一名居住在杭州的异乡人，如果摈弃这些文字的影响来体会杭州，几乎不可能。比如西湖，就连小学生也会念那句"欲把西湖比西子，淡妆浓抹总相宜"；比如灵隐寺，游客也会脱口而出"灵隐前，天竺后，两涧春淙一灵鹫。不知水从何处来，跳波赴壑如奔雷"……倘若把杭州与传统的审美表达割裂，当今人们也会信手拈来一些著名的人与事与杭州相连，比如 G20 峰会，比如阿里巴巴马云……这么看来，似乎过去是虚境，当下是务实，然而，我认为杭州是最懂得虚实相生的，在虚实之间拓出了一大片供人填补、供人施展的天地。

我从广州迁居杭州，已经整整六年，这期间，总是会遇到人问："杭州好还是广州好？"事实上，这问题是不可能有答案的。对于我而言，在杭州是生活在一幅国画里，广州则是生活在一部电影里。电影里好热闹，声与影，光与电，故事的跌宕起伏宛如广州城高高低低的密集楼房；国画里好安静，纸与墨，线与形，点滴泼墨宛如散落在杭州城这里那里的美丽景致。

记得第一次来杭州，坐民航大巴，终点站是武林门。同行者告诉我，武林门是杭州的市中心，老底子杭州人过去都集中住在这一块，是富庶繁华之地。一脚踏下车，一眼望向天，觉得天空在视线里竟然如此完整，并没被高楼大厦切割掉哪一角。摩天大楼这个词，在很多城市是现代化的标配，就像比赛一样，六十八、八十八、一百零一、一百一十八层……楼层最高的争相成为城市的地标，象征着现代人侵略天空的野心。在杭州很少能看到这种拔地而起的侵略，其宁静如同小桥流水、小庭小院、小猫小狗和莳花弄草的平易的杭州人。给天空留白，这大概就是杭州城市建设者的一种野心，确切地说是一种心思。

这种心思随处可见。名满天下的西湖应该是杭州最大的留白了。隔三岔五，我就会起意到西湖去逛逛，每次去，我不会选择驱车前往，而是喜欢徒步到达。曙光路、宝俶路、环城西路、庆春路……随意选择穿越一条马路，在熙攘的人流里朝前走，走到尽头，豁然见湖。我享受这样走到西湖的过程，这过程让我异于一位观光客——随便走着走着走到了西湖，对西湖的自豪感中暗含了一种虚荣，一种自己附加上去的归属权。对我而言，西湖的迷人之处，不是它的水光潋滟或是淡妆浓抹，也不是它的历史文化底蕴，更不是湖中塔湖畔山，而是它在城市中余留出来的一片自然空阔。几分钟之前，人还身处闹市，几分钟之后，人就可以面朝一片广阔的水域。据官方数据显示，西湖水域有六点五平方公里，穿过十多米的城市马路，瞬即就能站到平阔的西湖边。这种体会常常让我有一种恍惚，置身空间的空，往往会带来时间的静止，站在一棵梧桐树或者柳树下，坐在湖边一张长椅上，我往往怔忡、走神甚至呆滞。心里什么也没有，也可能什么都有，不是风月，也不是诗意，说是放空也不为过的。我想，为什么杭州人不太愿意到外地寻求事业发展，大概正因为走几步路就能放空，这种身边易得的空境，能让他们在日常满满的烦冗中获得一些收放的能力和耐心。

杭州处处有留白。大至穿城绕行的古运河，小至某个城区的河道，细水狭长，风定波平，花树环绕。杭州有大大小小三千二百二十三条河道，每一条河道都可以当成一种风景来欣赏。或者，某个小弄堂里，逼仄狭长，但也不妨碍居民在墙角剜出一方小园地，几簇矮小的三色堇，绽放一张张猴子般的笑脸，路人看一眼，再匆忙赶路也不忘会心一笑；等红灯的十字路口，最常见的就是一处处不规则的小绿地，一看就是因地制宜而划出来的，种的是单瓣波斯菊，再怒放也不会如高峰期人流般挤挤挨挨；街角的某座五层小公寓旧楼，土黄的外墙上，毫不犹豫地画上几只大鸟，有一只振翅欲飞，就像是随时要从这城市里起飞了……

即使在密密匝匝的公交站牌上，也能感受到留白的心思。记得有一次，我从灵隐寺出来，一路走走停停，找了一个公交车站等车，抬头一看站名，四个字：立马回头。以为看到了某个警示牌。再仔细看，才敢肯定这个站的确就叫立马回头站。因为是傍晚，又不是休息日，车站只有我一个人，无人可问津。趁公交车还没到的时候，便仔细地研究起公交车路线牌。三天竺、云栖竹径、梵村花苑、感应桥、宋城、古荡、留下……一路读下去，在脑子里难以呈现每一个地名的具体面貌，似乎每一个名字都像通往一个虚无之地，云里雾里。一个城市的公交车，无异交通指南，明白、具体是它的主旨。我们常见的多是某某医院站、某某大道东、某某路口之类的，类似立马回头这样一个具有禅意的站名，让我有些惆然。这到底是一辆开往现实的班车吗？那一次，因为这个站名，我在这个站牌下胡思乱想一番，以至于公交车到了也没想起要上车。望着绝尘而去的车屁股，我一点也没有往日错过公交车那样的懊恼，只是平静地想：没关系，还有下一班车。

后来，我查资料才知道，传说乾隆皇帝游杭州头一回经过普福岭，对这条山路的破败表示很不满，于是，地方官便立即派老百姓整修山路，等到乾隆再次经过普福岭，果然对新整修的山路大为赞赏，立马驻足欣赏一番。老百姓就将这条山路称为"立马回头"。最有意思的是，这个站名并不是沿袭下来的，而是近年才由石莲亭更改为立马回头站的。在日益讲求实效、实际的现代化城市建设中，由实改虚的举措也可以算是一种"逆行"了，"逆行"总是能让人看到与别不同的风景，得到与别不同的收获。

都说杭州人擅于精打细算，他们从空间里抠出绿地，从实用中抠出无用，从满中抠出空，从实中抠出虚，而对于抠出来的那些部分，他们往往视为重要的财富。

从百草园到仰山楼

　　绍兴来了多少次，已经不太记得清了，但可以确定的是，每一次来都与鲁迅先生有关。鲁迅故里入口处那面黑白墙下，我站在鲁迅先生手举的那根烟下方，有各种季节着装的留影，时光也像墙上那几缕飘散的烟雾，被定格在照片中。

　　印象最深的一次，是带朋友和她的儿子同来。朋友说，儿子正处于叛逆期，厌学，带他来看看那张全中国最著名的书桌。冬天，不是什么旅游旺季，即将下雪的天色，阴沉，如同那少年闷闷不乐的脸。朋友拉着儿子，尽量凑近三味书屋里那张书桌，努力振奋起表情。一百多年前，少年鲁迅刻下以励志的那个"早"字，看起来也没能引起那少年的共鸣。踏进百草园的时候，少年不自觉轻轻发出了一声"啊"，上扬的第二声调。原来如此。少年一直在心里默默印证着课文所写，只是出于那个年龄某种莫名的别扭，不愿与他人交流。我猜他一定在想，《从百草园到三味书屋》里有唱歌的油蛉、弹琴的蟋蟀、会放屁的斑蝥……可是，这里什么都没有，就是一个野草萋萋的园子。我在心里暗暗偷笑，那感觉就像是看到少年鲁迅多次弄坏园子里的泥墙，却拔不出一根传说中人形的何首乌。这是一次效果不太理想的游学。结束之后，我们在入口那面墙下拍了张合影。我拍拍少年的肩膀，很套路地问，长大了想做什么。少年含糊地给我三个字："不知道。"朋友沮丧地跟我说，"不知道"就是儿子的口头禅，恨不得打开他的脑袋看看里边装着啥。我只好安慰她："人家鲁迅先生都写了，'所谓不知道者，乃是不愿意说'，而已。"这番话，鲁迅先生指的是渊博者如老师寿敬吾，朋友真不知道也好，少年不愿意说也罢，时光终究流逝，少年终究长大。后来，听说少年念了大学，自主性很强地挑了个极冷门的专业。每每听朋友说起，都会发出一阵感叹，说她儿子是多么多么的运气好，高中时遇到了一位好老师，就像对儿子施了某种魔术，竟然使儿子开窍了，找到了努力的目标。在成长过程中，遇见好老师的确是一种运气。

鲁迅先生故里我最爱百草园。没有太多的人工装饰，任油菜花时开时败，并不会因为节令而换上些珍奇花卉，叫不出名字的野草也稀松平常，很是贴近鲁迅童年记忆里的菜园子。走进园子，我总会生出一些轻松和愉快。想象着中年鲁迅，虽身处一个恶时代，以笔墨化为匕首投枪，反抗、挣扎、呐喊，在直面惨淡人生的间隙，转头，遥望童年旧时光，却还会存着纯真、有趣、美好的情感。即令童年生活其实也不过如这百草园般寂寥、匮乏，在记忆里都是趣味盎然的。

2021 年 9 月 25 日，我参加《小说选刊》杂志和绍兴市人民政府联合举办的"纪念鲁迅先生诞辰一百四十周年"活动，跟着大部队，又走访一遍鲁迅故里。在这个隆重的日子，来纪念鲁迅先生的人很多，百草园却依旧，没有花团锦簇，也没有张灯结彩，一如记忆中的安静。有某个瞬间，百草园从鲁迅先生的文章里消失了，成为我个人记忆中的百草园，这么想来，每一个人的童年里都是有一个"百草园"的，那里边充满着温暖和感伤。假以时日，当年那个说什么都"不知道"的闷闷不乐的少年，人到中年，回想那次绍兴之旅，定也会有些许片段，令他百感交集。

从百草园出来，主办方还安排去上虞参观春晖中学。白马湖畔，象山脚下，有着百年校史的春晖中学，培养了一茬又一茬的杰出人才。乡绅陈春澜，乡贤王佐、经亨颐以及一大批国民名师，从 20 世纪 20 年代开始，为孩子们于时代的辗转中摆放下一张安静的书桌。

春晖中学在白马湖环抱中，建筑保留着 20 世纪的瑞典建筑风格，楼宇皆不高，古朴、端庄。仰山楼、一字楼、西雨楼、曲院、二字房及中国式的回廊，如果不是校园中有往来身着校服的学生，会让人误以为走进了一座幽静的古典园林。教学主楼名为"仰山楼"，从形状看，楼像一座仰面朝天的山，而其意，则取自矗立于校园内那两块石碑上的句子：高山仰止，景行行止。据记载，夏丏尊、朱自清、朱光潜、丰子恺等人曾在这里执教，弘一法师、蔡元培、黄宾虹、张大千等人曾在这里讲学。这些名师确是现代中国的一座座高山，一代代莘莘学子在此仰望、攀登，以期从这里走向广阔的天地。春晖中学从办学初，一直推行教育革新。正是在这里，夏丏尊第一次将意大利作家艾德蒙多·德·亚米契斯《爱的教育》译介入中国，其中的观点被奉行为一种新的教育观念。夏先生认为："书中叙述亲子之爱、师生之情、朋友之谊、乡国之感、社会之同情，都已近于理想的世界，虽是幻影，使人读了觉得理想世界的情味，以为世间要如此才好。"理想世界不是纸上的蓝图，而是靠一代一代人去构筑，是面向未来的所有信念。春晖的学子，遇见这样的老师们，也是一种运气。

我久久地站在仰山楼前，春风满面的少男少女与我擦肩而过，心里涌起一些感慨。不知从哪间教室传来了一阵琴声，有学生在唱："慈母手中线，游子身上衣。临行密密缝，意恐迟迟归。谁言寸草心，报得三春晖。"我知道，这是丰子恺先生在此任教期间，以孟郊诗为词谱写的春晖校歌。词深情，曲绵长，回荡在暮色中的校园里，使人跟着歌声驻足沉吟，更使人思绪起伏于时代的流转中。从三味书屋到仰山楼，从百草园到春晖校园，任时光推移，任征程坎坷，人们始终面向未来，正因如此，那些成长过程中的尴尬和迷惘最终都得到了应答。

洁净又明媚的崇寿

　　慈溪的崇寿镇，比邻杭州湾，钱塘江的风吹过来，我站在袁家东路 81 号的二楼阳台上，远眺，企图能望见那些滩涂，以及滩涂上被阳光照得"白花花"的盐，"洁净明媚"。这样，我的目光就可以跟袁可嘉先生文章中的故乡重叠。不过，旧貌换了新颜，历经若干次海塘大围垦，浒崇公路穿镇而过，沈海高速擦镇蜿蜒，这些画面不可能出现在袁可嘉先生的记忆中。村中河塘两边的巨幅农民画、飘香的玻璃房咖啡吧、现代化青瓷工作室、满墙蝴蝶标本的工坊，甚至那个只消几分钟便将农产品推向全世界的网络直播间……这些亦不在先生的记忆中，是在当下的崇寿，是扑入我眼中的现实。尽管如此，但小镇却不改先生回忆中那种"洁净明媚"的气质。

　　崇寿，一个"洁净明媚"的小镇。

　　我们从傅家路村进入，夺人目光的是塘角绵延近百米的一幅巨大农民画。高饱和度的强烈色彩，在午后的光照下，恍惚使人感觉画中景物会动。画名《塘角记忆》，如同一首叙事长诗，讲述着崇寿的昨日与今昔。从过去的棉盐重镇，到今天的美丽乡村，一帧画转个弯便越千年时光，百姓在这幅长卷中是主角，参与并见证变迁。沿着这幅长卷进入，很快，我就置身于画面中的村庄。大大小小的塘汪，形状不一，花树环绕，屋宅错落，老人在桥上闲聊，儿孙在四周嬉戏。这景象，仿佛人从画中走了下来。据说这样的村貌，在崇寿的各个村庄都能看得见。整洁中洋溢人间烟火，安逸中富含勃勃生机。"村至上，民为大，公在先，家在根……"一套"三字经"格式的村规民约，篆刻在廊柱上，古今意合，跟整个村庄亦古亦今的气息相融。崇寿镇历来崇尚文化，珍视传统，吐纳新风。村书记跟我们细数村里的"老宝贝"，打铁的、剪纸的、剃头的、榨油的、写字画画的、种葡萄培瓜果的……个个有来历有传承，张张都是小镇名片。对于写作的人来说，袁可嘉先生在此地闪闪发光，是吸引我们一次次到此拜谒的缘由。

记得第一次到袁可嘉故居，是个夜晚，"袁可嘉文学馆"成立，《十月》杂志在这里举办"诗意崇寿·致敬袁可嘉"诗歌之夜朗诵会。在那幢两层的洋房前院，搭起了一个小舞台，诗人们在台上朗诵，自己的，他人的，一首又一首，诗意的灵光在暗夜中一次次划过，如流星般展开灵魂的扇子。当有人念起那首《当你老了》，我竟鼻子发酸，眼中有泪。我跟大多数人一样，喜欢叶芝这首诗，更独爱袁可嘉先生翻译的这个版本。在我年少时，读到这首诗，只当作忠贞不渝的爱情来读，既哀伤又无悔；等我人至中年，在不同场合和情境下遇到这首诗，我在心中已经将诗中的"你"偷偷换成了"人生"。如同那个夜晚，坐在袁可嘉先生出生长大的旧居前，回首往事，哀伤又无悔的对象，唯是流逝的岁月。

因那次夜色匆匆，没能很好参观故居，这个春天的下午，我决意再次拜谒。一行人走到袁家东路尽头，看见那座灰瓦白墙的小洋楼时，太阳已经偏西，但光线还是很明亮地照进了那十个房间。十个房间，展出了袁可嘉先生的一生，出生、童年、成长、晚年，求学、困顿、爱情、辉煌，书籍、信件、手稿、旧器……我从一楼门厅进入，一个房间一个房间，仔仔细细地看，不像是在参观，倒是像在找人。那些在文学史上耳熟能详的名字、流派、故事，那些在书页上几乎被我翻烂的诗篇，如同那段黄金时代微缩在每一个房间里。透过一扇玻璃窗，日影投射到墙上，像是用手指一行行地为我读着墙上的诗句："当你老了，头白了，睡意昏沉，炉火旁打盹，请取下这部诗歌，慢慢读，回想你过去眼神的柔和，回想它们昔日浓重的阴影……"窗边的桌子上，摆着一只绛色的旧花瓶，没有花，如同昔日一抹绛色的阴影，嵌在时间的边缘。

二楼的书房，是离袁可嘉先生最近的地方。他用过的书桌、书柜、椅子、钢笔以及那副缺了一条腿的眼镜，这一切仿佛他刚刚完成当日手上的工作，刚刚舒展过久坐的腰身，现在走到阳台上踱步，看风景去了。我站在那排旧书柜前，就像一个客人，在主人的允许之下浏览他的藏书。在一架灰扑扑的旧书当中，我一眼就看到了袁可嘉先生与董衡巽、郑克鲁共同主编的八卷本《外国现代派作品选》，蓝、绿、黄、灰，按序陈列，泛着时光的黄影。几乎同时，我找回了多年以前那个疯狂热爱着诗的女孩。那是 20 世纪 90 年代初，在她小小的书房里，父亲为她做了一个新书架，涂上了梦一般的淡蓝色油漆，父亲特意将新买给她的一套书，蓝、绿、黄、灰，按序插放在她够得着的那一排。如同一扇窗口被推开了，蝴蝶蹁跹而出，她追随着它们远去，情绪思绪纷飞了整个青春期。在她的笔记本里，满满地摘抄着里边的诗句，字迹稚拙，满纸踌躇。这些笔记本也被父亲插放在书架上。每年，从外地回家，我都会站在旧屋的书架前，翻翻那里的书，抽出一本，有红叶书签从某页荡落，清晰地标记出了当年的某个阅读情境，心无旁骛，又迫切又惊讶。于我而言，那是一段不复返的"洁净明媚"的时光。

面对眼前袁可嘉先生的书柜，我想起在傅家路村路过的那个精美的蝴蝶工坊，满墙的蝴蝶。当地的一个保安，几十年痴迷蝴蝶，在田间山野收集蝴蝶，自制了近千只蝴蝶标本。瑰丽又神秘的色彩，薄得令人心颤的蝶翼，仿佛一不小心就会翩然远遁。有过写诗经历的人都深知，灵感神秘，稍纵即逝，如伸手触碰一只静止的蝴蝶，那些流传下来的经典诗句，就是一只只灵感蝴蝶的标本。蝴蝶标本以静止模仿真实，以逼真展示美，而诗歌是以流动延展张力。"诗是许多不同的张力最终和谐溶解所得的模式"，袁可嘉先生这一主张，影响了一代又一代中国诗人，穷其一生，制作情思的蝴蝶标本。

站在那个又长又阔的阳台上，我心中竟然响起的是那句歌："风吹过来，你的消息，这就是我心里的歌。"这是近些年来几乎家喻户晓的一首歌，改编自叶芝《当你老了》。这一句，是编曲者创作夹入原诗的句子，作为整首歌的尾奏。民谣的浅唱低吟，钱塘江吹过来的春天的风，游荡的、邂逅的、温柔的，对文学的爱与敬犹如眼前这个黄昏中的小镇，又洁净，又明媚。

烟台的脚印

　　与烟台有关的最早记忆来自母亲的睡前故事。她最喜欢给我讲"八仙过海"，如数家珍，铁拐李、吕洞宾、何仙姑、汉钟离……各显神通。有意思的是，这个直到退休后才第一次见到大海的女人，在我的童年时代，对传说中那片海以及海上的仙岛蓬莱展开过很多丰富的想象，指着挂历上蔚蓝大海中的岛屿，她常常会对我说，这些都是神仙留下的脚印。我第一次去烟台，飞机从云层下来，一眼就能看到青绿色的渤海海面上缀着点点墨色的岛屿，记起母亲说的"神仙的脚印"，还真像是只有神仙的脚才能踩到当中去呢。

　　烟台三面环海，大小岛屿六十多座，蓬莱只是其中的一座。芝罘岛、崆峒岛、养马岛、长岛……这些都是人们喜欢去的地方。岛是海上的"山"，每次来烟台，我都要过海登"山"，看水清沙幼，鸥翔鱼游，在涛声的"白噪音"里放空心思，在海风的怂恿下放飞自我。路过一些无名的小岛，在海的一隅，因为无人踏入，它们更像是海上的星球，神秘又缥缈。烟台大多岛屿都不孤单，因夹河入海时携带的沙砾堆积，随着时光的流逝，岛屿与陆地得以相连，便形成了多个港湾，莱州湾、套子湾、芝罘湾……对于祖祖辈辈在这里以船为鞋、远航捕鱼的渔民来说，港湾就是他们定锚歇脚的地方，是繁衍生息的家园。

去年深秋，我跟朋友去八角湾的一个小渔村。村庄窝在港湾深处，依旧保持着朴素的面貌。低矮的石头房，简洁又静穆的家族宗祠，没有五花八门的民宿和农家乐，零星几家小店铺的生意看起来也仅供村民便利。这里家家"养船"，船是他们的家庭成员。船养在港湾里，渔具则一应摆在房前屋后，张挂的渔网、晾晒的鱼篓、靠在墙根的橹、倚在门背的鱼叉……这些渔具跟庭院里的蔬果、花卉、晾衣架以及猫食盆等摆放在一起，显得如此日常，根本想象不出它们跟随主人一起经风历浪的架势。一位当地的渔民带我们去看"野海"。沿着村庄背后的一条小石路，走不久，便豁然开朗。这一段海域和沙滩，几乎只有村民自己才会来，没有人造的风景，此刻就连一个人影也看不到。沙滩上匍匐着些许绿色植物，海浪循着自己的节奏营造出一种寂静的氛围，岸上的礁石奇形怪状毫无章法，没有导游的解说词，此处任凭我们发挥想象力。我指着其中一块石头问朋友，像不像电影《E.T.》里的那个外星人？经我这么一说，大家还真觉得有几分像，于是围绕这块石头，我们七嘴八舌联想了一出外星人流浪渤海的剧情。

后来，那位渔民又引着我们绕过几块巨大的礁石，只见一片"U"形的小湾，一条破旧的渔船搁浅在沙滩上。它应该在那里已经很久了，沙子都快要没上船舷，船体斑驳，桅杆斜垮，看起来就像快要散架了，唯独裸露在船板上的几颗钉子，在太阳的照耀下闪着坚固的光。渔民告诉我们，这是他父亲养的船，几十年跟随父亲乘风破浪，最后一次出海，父亲竟迷了路，夜幕降临时分，是港湾里的点点灯火把父亲引回到了这里。从那次以后，儿子坚决不让父亲再出海，父亲的船就一直泊在了这里。眼前的这条旧船，终于从海里踩到了沙滩上，就像是父亲人生的脚印。"父亲现在呢？"我忍不住问。"九十多了，还能啃光一只鲅鱼头。"渔民说完嘿嘿笑了几声。我也笑了，猛地想起海明威的《老人与海》，老人圣地亚哥与这位父亲最终都是靠着港湾里的灯火指引回家的。可以想象，在黑暗茫茫的大海上，看到天际灯火的反光的那些时刻，该是多么令人激动和温暖啊。

在罗盘、指南针这些航海工具没有发明之前，古代的渔民，在海上只能依靠天象来判断方位，规避风险，剩下的完全交给经验和运气。对于这些在大风大浪中谋生的渔民来说，灯火就是他们归家的信号和信念。就算当下科技发达了，卫星定位仪之类的仪器可以为他们准确导航，但灯火的意义已经在他们内心根深蒂固，如同信仰。至今，烟台的渔民一直还保留着一种祭海的习俗。正月十三那天，渔村会举办渔灯节。人们举着彩旗，提着渔灯，抬着猪头、大鲅鱼等祭品，聚集到寺庙或祠堂里，敲锣打鼓扭秧歌，敬天敬地敬海神，祈祷来年一帆风顺，出海渔船满仓。在海边，我深切领会到，"一帆风顺"这个我们时常挂在嘴边的祝福语是何其具体的心愿。入夜，人们会提着自己精心做好的渔灯到海边放。一盏盏装载着美好心愿的渔灯随波漂流，墨色的大海如同繁星点点的夜空，人们默默地目送着自己的心愿驶向远方。听当地人说，传承五百多年历史的渔灯节如今已被列为国家级非物质文化遗产，人们将这种仪式当作一个城市的传统，就算很多渔民已经告别了捕鱼生活，离开了村庄，住进了高楼大厦，都会准时回来参加。渔灯节成为烟台传统文化的一个重要部分。

港湾是渔民扎根的家，也是烟台经济、文化的起锚地。早在秦汉至魏晋南北朝时期，运输的船只行至港湾憩息、中转，成就了烟台的海漕，这里是历史上著名的"循海岸水行"的黄金通道。盛唐时期，随着贸易往来的发达，这里成为通向日本、朝鲜等国家的口岸，在这条"东方海上丝绸之路"，中国的丝绸、冶铁、造纸等技术出海走向了世界。近代以来，从开埠到开放，走出去又迎进来，港湾变身为一个有着海洋般包容的现代化海滨城市。

离开渔村之后，我们走访了烟台黄渤海新区。在这个以工业、科技为主要抓手的年轻城区里，到处都充满了活力和机会。但我竟不知道，两千多年前，这个地方曾经是一个小国。在一片庄稼和果树的掩映之下，留存着一段沉默的残垣断壁，据专家考证，这就是春秋时期牟子国的城墙。这个于齐国和鲁国夹缝之间存在了三百多年的小小国，隐身于历史的涂层之下，只现出一段残墙供人索引和想象，不禁使人嗟叹。想象中的历史，犹如沙滩上的脚印，经不住时间浪潮的冲刷。当我驻足在亚东柒号烟台工业博物馆的一面墙下，我获得了一种坚固的记忆。这面墙，名为"海纳百川"，用十六万枚螺丝钉"画"成，记录了烟台开埠至今的重要工业、企业，有故事有场景。意味深长的是，这十六万枚螺丝钉皆收集于 20 世纪 80 年代初烟台最早与港澳合资创办的"亚东标准件"工厂，而我脚踏的位置，正是当年厂房里的某个机坑。我在这面墙下走来走去，从不同角度看去，不同光线造就了深浅不一的局部，就像时光在流转，镜头在切换，密密麻麻的螺丝钉像一只只微缩的脚印，一步一步行走出了那段艰苦又荣耀的历史轮廓。

在那个秋天的上午，我们沿着伸向海洋四百多米的天马栈桥散步，感觉人可以踩到遥远的大海上去了。我又记起母亲多年前对海的那些无稽想象。在那些想象中，海辽阔又神秘，人渺小又无力。仔细想想，不正是这些想象在驱动人去接近海洋，努力抵达大海更远的远方？我们走着走着，竟然下起了雪，雪夹在雨里，雨被远方刮来的海风裹挟着，扑到人身上有点招架不住。我不得不转过身，背对大海，烟台这座城市就在我眼前了。钢筋水泥的高楼丛林，车辆就像虫子在列队穿行，密布于海岸线上的建筑如同退潮后留下的礁石。我意识到，我站在了大海的视线里。它是否也对眼前这座城展开着无限的想象？如果栈桥是人接近海的愿望，大概浪潮就是海接近人的愿望吧，它无数次借助风的力量，试图触碰到更远的岸。而岸上的沙砾，就是大海留下的脚印吧，它们细细密密地拥抱着这座城市。

金色的声音

　　初以为，相城的金砖是金色的，砌在紫禁城的宫殿里，金光闪闪。这是我望文生义的一种想象。看过苏州相城的御窑金砖博物馆，我才明白，那是一种声音，叩在砖上发出的金石之声。

　　深秋，微雨，清凉，天空是那种江南水乡特有的黛色。我本来就很喜欢这种"文艺"的天气，想着去寻访六百多年前的一个遗址、一段历史，觉得这天色做背景刚刚好。

　　车在宽阔的大马路上开了一会儿，停下了。几分钟前，人还处于一种高楼林立、车水马龙的现代日常生活环境中，几分钟后，喧嚣的声音竟然消失了，人忽然进入到一片青灰色的古朴世界。从一扇砖砌的大门进入，几乎不需要人指引，自然就会踩上一条灰色长廊，就像踩着一条看不到尽头的迎宾地毯。长廊的地面和穹顶用一块块竖起的砖铺砌，墙体则由横砖竖砖架起的一个个方正结构组成，状如密密麻麻的蜂窝。拐弯，又拐弯……终于走到尽头，人便置身于一个空旷的小广场，这种曲径通幽后的豁然开朗，是我熟悉的江南古典园林建筑的感受，但远处立在天空下的那栋博物馆很快改变了我这种熟悉的感受。暗红的砖墙，灰色的出檐，看上去既像一个砖窑，又像一个微缩的小宫殿，有一种让人舒服的大气，既不傲慢，更不凌人。至此，我才领悟，刚才那段领着人拐弯的长廊，是为了让人在不知不觉中绕过四周那一栋栋野心勃勃的商务楼，避过那一片片散发出日常人间烟火的住宅小区，从繁华里疏散到空旷，从流动中截取一段凝固的记忆。六百多年前，这个地方是御窑村主要的烧造地，毗邻京杭大运河，烧制好的金砖，得以从这里送至运河码头，乘舟北上，直接送抵京城；六百多年后，这个地方是相城的主城区，商业发达，人稠物盛。金砖博物馆恰好处在这个中心地带，既凝视着变迁，也参与着变迁。

博物馆共三层，区间皆由简洁的黑白线条分割。负责人介绍说，这座博物馆是著名建筑师刘家琨的作品。难怪如此不俗，馆体的本身就是一件很有腔调的艺术品，让人叹为观止。布满砖石肌理的地面，裸露出砖体的一根根梁柱，大幅白墙上那一根螺旋向上的黑色扶梯线条，出檐下的一大段一大段留白，甚至阶梯上那一扇扇透视图形般的小窗……这些细节仿佛都纷纷指向深远的历史纹理。"开物""成器""致用"三个展厅将一块金砖的前世今生和盘托出。我喜欢它从整体到细部的简洁，就连馆陈介绍也不铺陈絮叨，留出时空来给人驻足沉思。我也喜欢它内部明暗交替的光线，时而聚焦，时而幽暗。在一面墙的角落里，我看到用光打出来一行温柔的警示语：嘘，说话轻点，你会吵到历史的声音。是的，在这里，每一步都踏在历史的讲述中。我用一只小锤子，敲敲展柜里一块特意给参观者体验的金砖，果然发出一种清脆的金石般的声音，在空阔的展馆里形成了天然的共鸣声。这让我想起桂林的溶洞里，那些沿着钟乳石缓缓淌下的水滴，一滴水落地，发出强大分贝的咚咚之音。钟乳石是大自然的经年造化，而金砖是相城工匠手艺的造化，它们发出的声音都与时间有关，都有着金属般坚硬的力量。

相城金砖之所以能成为当年皇室御用的"天下第一砖"，不仅因为它是由阳澄湖畔独有的黄泥黏土所制，最主要还因为它来自工匠的技艺和心血。仿真的微缩版工匠模型，为我们展示金砖烧制的工艺：选泥、练泥、制坯、装窑、烘干、焙烧、窨水、出窑……从一堆黄泥巴变成一块光润坚固的金砖，从改变泥土的属性到赋形、定形，经由天地与人力、火与水的合力锻造，大约需要一年多的时间，这过程每一个环节都是匠心所致。静静躺在我眼前的，是一块从道光年间存留下来的金砖，墨色，在岁月之手的抚摸下裹上了年代的包浆，光润无比。仔细看，砖的一侧盖有两个长条阳文印章，上方印章刻着"道光三年成造细料金砖",下方印章字迹漫漶，隐约可见"江南苏州知府李廷×××监制"几个字。如同一块金砖的"身份证"，又好比一本典籍的作者和版权，如此庄重，如此自尊，它们皆来自民间，又从民间走向了殿堂。

在博物馆主馆的背面，至今还留存着两孔古御窑，远看像城堡，从砖隙里长出了萋萋野草。风一吹，狗尾巴草随风摆荡，一只黑白相杂的奶牛猫，高高蹲坐在窑壁上，像是在守护，又像是在敏感地捕捉窑内的细微变化之声。我受这只猫的启发，也靠近窑壁，将耳朵贴在那上面，仿佛听到了泥土在火的温度里逐渐改变结构的声音。这些声音又远又近，又深又浅，仿佛从岁月的某个远方而至。

在相城的最后一天，我们夜宿冯梦龙村。作为一个讲故事写小说的人，我喜欢冯梦龙作品里的市民化和日常性。《喻世明言》《警世通言》《醒世恒言》"三言"，言言有情，言言有理，在故事里传达着百姓的情感和愿望之音。在冯梦龙纪念馆里，有一块现代化电子屏幕，我用手一触碰，屏幕就开始诵读"卖油郎独占花魁"的片段，我听得有味，好像身处勾栏瓦舍。冯梦龙村如今已经成为网红打卡地，每到周末，附近的人们开着车，携亲带友，经过村口那片百亩花园，徐徐进入，在一派姹紫嫣红中开启他们的故事之旅。他们是来听故事的。

晚上，挑一家格调朴素的民宿，住下，就像我现在这样。听到隔壁的木门，一声"吱呀"，故事开始了……任时光流转，人世变迁，人们总是需要故事。故事里的人生与命运、幸福与不幸、爱与恨、罪与罚，塑造着人类生活的全部，听故事的人，总会在某一段某一刻听到自己的心跳声。

金砖是以泥土为材质书写的历史，"三言"则是以文字为载体记录的历史，它们都是历史的言说者，它们都有着金属般的声音。而在我听来，这些声音也是颜色，为相城的传统文化镀上一层金色的尊严。

索引汪氏家宴

从扬州的高速路下来，到达高邮，已经是黄昏时分，只能看到落日的余光了。也许因为这天光的缘故，当地迎接我们的旅游局导游，几乎来不及过多寒暄，便快马加鞭，直接带我们驱车赶到运河的一个码头，坐上最近的一班渡轮，十分钟左右，横穿运河。登岸，又换乘一条小客船，突突突突地在两边芦苇密布的水面朝前开。陆路换水路，马不停蹄，我联想到高邮这个地方，就是秦时建的一个邮亭，当年披星戴月赶路的驿使，骑马，坐船，步行，时行二十五里，将信息传递出去，大概，总有一程是在我此刻所处的位置和时辰中吧。

"这里就是高邮湖。"因为这一程水路比较长，导游才有充裕的时间向我们介绍。高邮湖！我睁大眼睛望向船窗外。"黄昏了。湖上的蓝天渐渐变成浅黄，橘黄，又渐渐变成紫色，很深很深的紫色。这种紫色使人深深感动。我永远忘不了这样的紫色的长天。"这是作家汪曾祺先生笔下的高邮湖。记得读书时老师在课后布置《我的家乡》这篇散文做阅读作业的时候，特别将这一段画线，问：为什么说"这种紫色使人深深感动"？这是很多年前的一道作业题了，我早已经忘记标准答案。死记硬背的作业，哪里会记得下？倒是汪先生的这一段话从记忆的深处冒了出来。我顾不上听导游的解说，兀自走出船舱外，可惜天色已晚，我几乎看不到什么，高邮湖的水面已经陷入一片昏暗，两边的芦苇成了一片片阴影。可是，当我望向天空，不禁激动起来：是的，就是那种"很深很深的紫色"。我这个过客，没法目睹湖上蓝天由浅黄到橘黄的渐变过程，但是，我最终与汪先生"永远忘不了"的"紫色的长天"遇见了。这是一种多么奇妙的印证。不是照片，不是绘画，是文字带着我留下了对高邮湖上这一刻"紫色长天"永生难忘的记忆。那一刻，我既感动于汪先生的描写，也感动于文学的魅力。

　　船向高邮湖的更深处开去，不知道行到了哪个水域开始，我就听到了一片聒噪之声，似乎我们是被这声音包围住了，而四处循声望去，却什么也看不到。导游告诉我，这是当地人放养的鸭子在叫。天黑了，这些鸭子回巢了。我哑然失笑，可不是嘛，高邮以出品咸鸭蛋著称，基本上，我们在超市能买到的品质最高的咸鸭蛋都产自高邮，这些声音来自咸鸭蛋的"父母"。伴随这些此起彼伏的鸭叫声，船终于停靠在一个码头。晚饭就设在这个芦苇荡旅游景区，吃的是农家乐。主人是一对夫妇，因为要等我们吃饭，特意留在景区。饭菜已经准备好。我一眼就看到了一盘咸鸭蛋。每只都带壳切开了两半，花瓣一样拼摆在碟子上，蛋黄通红，一滴滴红油迫不及待地流到了碟面，蛋白乳白。在汪曾祺先生的笔下，高邮的咸鸭蛋不仅可以下饭，还可以空口白吃，当然，蛋壳还是孩子们的玩具。我看着这盘咸鸭蛋不由得咧开嘴笑了，导游问我笑什么，我说，这咸鸭蛋太亲切了。导游似乎才醒悟过来我们是搞写作的，来这里就是为了看汪曾祺的故乡以及他笔下的高邮。于是，他指着那盘虾笑眯眯地对我说："这就是呛虾，你懂的。""那么说，这是白虾？"我们像对上暗号般会心一笑，所依据的全是汪曾祺先生笔下所提到的内容。我没想到，一个导游也熟读汪曾祺先生的文章。

主人指着一桌子农家菜，有点不好意思地说："我们没什么好招待贵宾的，靠湖吃湖。桌上菜大部分都是高邮湖长的，虽然不珍贵，但我保证都是无公害。"我数了一下，有鱼，有肉，有虾，有蟹，有藕片、菱角、莲子羹，果然大部分都是湖中物。鱼是白条和鳜鱼，肉就是刚才在高邮湖里只闻其声不见其形迹的著名的高邮麻鸭。我其实很怕鱼虾的腥，平时在城里买的那些鱼，不仅腥，还有一股煤油味。一个做水产生意的朋友曾经告诉我一个秘密，有些鱼贩子喜欢在鱼鳃里滴几滴煤油，这样，鱼即使死掉了，鱼鳃还能保持鲜红的颜色，看起来还是新鲜的。我趁机向主人求证，主人一脸迷茫。在高邮，吃湖鲜是家常便饭，通常是在湖边码头，渔船捞上来活蹦乱跳的时候，就被当地人买走。这里的人嘴巴可刁了，他们甚至能吃得出筷子里的那块鱼距离它被捞上来有多长时间。当然这大概是当地人夸张了。但是，高邮湖鲜是真正的鲜，清蒸白条、鳜鱼，除了盐巴和那几根为了好看而装饰进去的葱段，几乎没任何佐料，蒸熟就上桌，足见主人对食材的自信。果然，一入口，清甜无比，仿佛啖下的是高邮湖的汁液，清正，清澈。主人说，这是他今天上午在湖里打窝，捉到的其中几种鱼。还有一种鱼，做在了豆腐汤里。我用勺子一舀，果然捞到一条头扁嘴阔的无鳞鱼。哈，昂刺鱼，我认识它。主人告诉我，这种鱼在其他地方的确叫昂刺鱼，得名于它背上那条特殊的长骨刺，因为汪曾祺老先生在文章里将这种鱼改叫为"昂嗤鱼"，所以这里的人也都开始这么叫了。是的，我记得汪曾祺先生在《故乡的食物》写道，因为这种鱼背上的骨刺一旦被捏，那鱼就会发出"昂嗤昂嗤"的声音，因此他称其为"昂嗤鱼"。他还提到，昂嗤鱼氽汤最好，汤白如牛乳，称为"奶汤"。汪先生对故乡的食物一直深研，加上感情丰沛，他笔下所描写的味道再精到不过。我便一直在他文字的引导下，咀嚼、体味着……

一顿饭吃下来，我了解到，高邮人已经将汪曾祺笔下所描写到的故乡食事做成了一围宴席——汪氏家宴，与高邮的"少游宴""珠湖鱼宴""全鸭宴""盂城驿宴""少游虾宴""清真宴"一起成为七大名宴。我当即向导游提出明天希望去吃"汪氏家宴"。面对导游犯难的脸色，我怀疑自己提出了一个非分之想。虽然说是"家宴"，但是，一旦成为名宴，再打上汪先生的名号，一定价格不菲，这类事情在旅游景点并不少见。没想到，导游犹豫地对我说："这个汪氏家宴，其实就是普通的家宴，太普通了。我们明天准备了高档些的菜给你们品尝，如果要改，还得向厨师征求意见。"我的心顿时放下一大半，不是太贵而是太便宜，那就简单了。我态度立刻变得强硬起来，一定要吃汪氏家宴。我曾经在一本书上看到过汪曾祺先生扎着围裙举着锅铲的家庭照片，这个可爱的老头，地道的一枚"吃货"，他尤其钟爱家常菜，用平常、家常、正常的食材烧出异常好吃的菜肴，如同他用精练、精准、精辟的文字写出了经典的作品。如果汪氏家宴变成一桌高档的珍馐，可大大违背了汪先生生前的"烧菜精神"。

在我的强烈要求下，第二天，我们真真实实地吃到了汪先生笔下所写到的"故乡的食物"：咸菜慈姑汤，咸咸酸酸，慈姑爽脆，喝下两勺，体味到汪先生为什么每次吃到就会想念高邮的雪，只不过，这雪是热的，如同记忆里的故乡；炒米炖蛋，用炒米的粗糙衬托炖蛋的鲜嫩，又用炒米的脆香中和炖蛋的温吞，一口下去，既有嚼劲又有细腻的缓冲，实在是一种奇妙的口感；虎头鲨是整条上的，不大，由于这种鱼的脑袋奇大无比，因此，细腻的鱼肉吃几口就没了，并不腻人的，恰到好处。让我感到幸运的是，还能吃到汪先生细心考证的一种当地野味——鹬。这是一种水鸟，从它几乎与身体同长的尖细嘴巴能看出，它应该是高邮湖上的抓捕能手，加上身形娇小，行动敏捷，一定是上天下水的运动健将。这种鹬据说过去很多，但现在几乎都是养殖，大概由于这是汪氏家宴的一道特别的菜，缺它不成宴，因此，养殖的人还不少。虽然对这个精灵多少有点于心不忍，但我还是吃了两口，肉质比鸡肉结实，味道有点像广东的红烧乳鸽。

而最让我吃得感慨万分的就是那道"油条揣斩肉"，也是我最期盼吃到的，因为它是汪曾祺先生首创，天下没有任何一个菜谱有记载。就像每一位作家都有自己的代表作一样，这道菜对于我来说，就是汪氏家宴的代表菜。果真如汪先生所描写，肉馅塞进油条里回锅炸，一口下去，外脆内酥，肉汁盈腔，别有一番滋味。这道菜再普通不过了，仿佛某个街道转角处，随意支起一个摊档就能买到，它大众，却别出心裁，油条与肉馅和谐包容，共生滋味。就像汪先生一贯的文学主张："我追求的是和谐，希望容奇崛于平淡，纳外来于传统，能把它们糅在一起。"汪曾祺先生为人平和、随意却不乏个性，为文简朴、冲淡却不乏精神。我不禁想起在汪曾祺纪念馆里，迎头两根顶梁柱上贴着一副对联，出自他的好友、著名作家林斤澜先生之手："我行我素小葱拌豆腐，若即若离下笔如有神。"

作为一名写作后辈，一位汪曾祺热爱者，我沿着先生的文字，索引着他的故乡和故乡的味道。面对这一桌名副其实的"汪氏家宴"，我再次理解记忆给予文学的那些五味杂陈的感受。文字也许记录的只是寻常人普通事，但在某一个地方、某一个时刻，你与这些文字和记忆相遇、印证，你会忽然感到，时间——停止了。时间真的停止了，我看到了他，沿着护城河一直走，不时低下头来"拣选平薄的瓦片打水漂"，一跳、二跳、三跳、四跳……

安　澜

　　淮安，取义"淮水安澜"。千里淮河穿境而过，境内河湖交错，水的面积占据整个城市的四分之一，因而又被称为"水上漂浮的城市"。水是这里人们的生命线，也是情感线。水滋养着世世代代的淮安人，同时，水的波澜起伏也影响着淮安人的命运曲线。作为一个出生长大于西江畔的人，我深知水的脾气。在我的家乡，有很长一段时间，治水是头等大事，每逢洪涝季节，大水浸街的时候，水就不再是具有审美意义的风景，它直接影响了人们的日常，破坏了城市的生态。直到进入新世纪之后，家乡投入大量的智慧和财力，才逐渐摆脱了洪涝的困扰，做到了真正意义的"安澜"。相比我的家乡，淮安这座城，水况复杂得多得多。淮河、京杭大运河、里运河、盐河四河穿城，洪泽湖、白马湖、高邮湖、宝应湖、里下湖五湖镶嵌，水网纵横，如同血管在这座城市的体内交错，主宰着这座古城的命运。再加上，淮安历来是我国的漕运枢纽，明朝开始便有着"淮安安，则天下安"的说法，淮安的海河经济一直在国内占据重要地位。如此看来，"安澜"何其不易又何其重要。

当我站在淮河入海水道处水上立交的桥头堡上，目睹著名的京杭大运河与淮河在我眼前握手相交，气势磅礴，潇潇洒洒，却又有君子般的礼遇，各自安好。一边是奔向远方的汤汤河水，一边是有序待发的整齐百舸，在这个辽阔的十字河口，我禁不住骄傲地慨叹：如果不是人类顺应着水势和水性，用聪明才智创造出这个伟大的水利工程，这两条极具个性的大河于不期然之际相遇，指不定会发起多大的脾气，掀起多大的波澜呢。身处如此雄伟壮观的水利要塞，脚下是奔腾不息的滔滔河水，很奇怪的，我竟然有着巨大的安全感。这种感觉一直贯穿着我在淮安与水亲近的时时刻刻。这是一种很奇妙的感受。在淮安，无论站在河岸上还是湖泊边，我都丝毫感觉不到水潜藏着的侵略性，它的奔腾是一种生机，它的宁静是一种沉稳，它是大自然的一部分，它自然地存在，如同万物中的草木鸟兽，如同地球的发肤。我想，这就是我们一贯挂在嘴边的"和谐"二字吧。

在白马湖，我再次获得了这种"安澜"的和谐感受。

白马湖自古已有，历代文人谢灵运、刘禹锡、秦观等都留下了歌咏此地的经典诗句。"发津潭而回迈，逗白马以憩舲"，在谢灵运的眼中，白马湖是一个生趣盎然的栖息地；"白马湖平秋日光，紫菱如锦彩鸾翔。荡舟游女满中央，采菱不顾马上郎"，刘禹锡对白马湖上的江南风物风情流连忘返；郑正中慨叹"愿向君王乞此湖"。而现代人，则将白马湖称作"离城市最近的远方"。"近"是指地理位置，位于离淮安市区三十公里的郊外，驱车不到半小时便能抵达的风景；"远"则不仅仅是指远离市嚣的风光，更多指向现代人心向往的一抹诗意，是自然风物与人的情感和谐共生的审美所在。今天，白马湖这个"远方"，是一片一百一十三平方公里水域面积的湖泊与九十九个小岛屿组合而成的生态区，森林公园、湿地公园、千亩葵园、万亩金菊，鸟飞鱼跃，这个"远方"有湖与岛的守护，有草木的故事，有生灵的奇遇，更有心灵的领悟。

起初，我以为白马湖就是一面大湖，如同西湖、玄武湖、明湖之类，或者方，或者圆，但其实并不然。白马湖四面都被水包围环绕，东贯大运河，南接淮河入江水道，西倚洪泽湖，北衔淮河入海水道。它是由若干个小湖泊组合而成，因而形状就有了曲折，有了天工造化的棱角，远看就是一匹白马的形状。在当地，关于白马湖的传说有很多，我独爱一个版本：玉帝的一匹神马私自下凡，化身一翩翩书生，与荷花仙子喜结连理，造福当地。玉帝发现后，命雷公将其捉归天庭。雷公起狂风、降暴雨，眼见集镇瞬间成为泽国，荷花仙子不忍苍生受牵连，将莲蓬里保命的莲子抛下，九十九颗莲子变成九十九个小岛，百姓得以攀岛求生。而白马书生化作一面湖水，与荷花仙子永留人间。湖与岛，长相伴，白马与仙子的爱情在人世得到永生。自古以来，神话作为人类早期借助想象解释、征服自然的方式，为人与自然的和谐关系进行无数次的虚构，这些虚构往往都从人的心愿和情感出发。类似白马湖这样的传说故事并不少，这样的雷同恰好证明爱是人类必然的也是最初的情感体验，人们从这个虚幻的诠释中，从这些朴素美好的感情里，获得爱与美、家与国、人与自然和谐度日的信念。

要深入白马湖，我们需从李家庄码头登船。船开动，划破了这面宁静的湖泊。因为记挂着这个美丽的传说，湖水在我眼里变得更为亲近，不再是可以载舟亦可覆舟的水，它的深渊里蕴含一往情深，而湖中大大小小的岛屿，便像一只只守望的眼睛，注视着湖水。

船行大约二十分钟，在一个岛屿停靠。我被岛上一个导向塔逗乐了："三岛奇遇记之肥猫岛。"一只胖乎乎的小猫骑在木马上，像个天真烂漫的小孩子。导游告诉我们，这个岛就是目前网红的肥猫岛。不是岛屿的形状似猫，而是这个岛屿的主题是猫。我的兴致陡然大增。作为一名资深"猫痴"，我爱天下所有的猫，既爱着家养的宠物猫，也爱着游荡在野的流浪猫。果然，这个两万多平方米的岛屿上，四处可见猫。有各种猫的塑像，散布在岛上，花丛间、绿树下、草坪上，大小不一，形态可掬。与猫相关的各种歌曲，从路边的扩音器里蹦蹦跳跳唱出来，一派萌趣。在这种氛围之下，走几步，我就能看到一只只猫咪，狸花猫、奶牛猫、三花猫、玄猫、橘猫……种类繁多，或在一簇月季花丛里扑蝴蝶逗蚱蜢，或在沙地上打滚亮出隐秘的肚皮，或将尾巴盘起立在树荫下严肃思考猫生，或在某艘搁浅的船上远眺湖光追忆似水年华……形态百样。这里真是一个猫的天堂啊。

在一把大阳伞下，一只虎头虎脑的狸花猫，懒洋洋躺平在地面。我蹲下，撸撸它的下巴，它娇哼两下，眼睛半睁，既不警惕陌生人气息，更不改变享受的姿态，我的手停下，它还将脑袋蹭到我手心里，命令我"不要停"。"猫奴"是很需要这些被需要的时刻的，我的幸福感油然而生。岛上居民向我介绍，这些猫都是流浪猫，但不怕人，因为在这个岛上它们就是主人，岛上的居民照顾它们的起居，游客给它们喂食。因为这个岛屿名气渐大，不断有人把捡到的流浪猫送过来。这些猫在肥猫岛结束了流浪的宿命，变成了"团宠"，获得了一个与大自然与人类相亲近的和谐之"家"。这实在令我太感动了。近些年来，我在喂养流浪猫这件事情上备受伤害。在小区里，我因为喂养流浪猫遭到过业主投诉和警告，也眼睁睁看着保安把流浪猫抓去"人道毁灭"。无

掌上开花 ◎

奈无助，心里总会生出些不切实际的念头，想得最多的是，希望有个爱猫的房地产商，建一个猫楼盘，专售给爱猫人士，流浪猫在小区里得到庇护，与人相亲相爱。没想到，肥猫岛竟如此贴合我心愿，真是"安得白马湖美岛，大庇天下猫咪俱肥萌"。

我了解到，白马湖的"三岛奇遇记"，均是以动物为主题，除了肥猫岛，还有豚鼠岛、白马岛，主要突出动物的科普和自然教育。生命的故事，在地的物语，人与自然的和谐依存应该是先从认识、了解开始。在临湖的一个大草坪上，一只巨大的人造猫卧在那里，闭目假寐。大脑袋枕在湖岸边，放松、慵懒的前掌几乎要伸到水面上了。这是我见到过的最大型最惬意的猫。蓝天白云，湖风习习，飞鸟时不时栖到它的鼻梁上，猫咪在它的耳朵里嬉戏。在它的肚腹中，建有一个猫博物馆，为游客介绍各种猫的知识。其中有一张图向人们解释，当人将手握住猫的爪子，无论如何猫最终都会反过来将爪子搭到人的手背上，变被动为主动，那是因为猫在寻求安全感，一切都必须在猫爪的掌控之中，它们认为人类的手是最危险的。在猫的生物进化中，与人周旋的技能会演变为一种本能，事实上，这些本能像镜子一样反射着人的行为。假以时日，猫倘若终于能放下警惕，成功与人握手，那将是人类另一层意义的进化、文明的进步。哲人甘地曾说过：一个国家的强盛和道德程度，端看它如何对待其他生灵。从这个意义上说，白马湖的三岛理念，便是不断奔涌向前的时代浪潮中的一种"安澜"，岛与湖，人与生灵，人与自然，在地和谐。

在淮安，"安澜"即和谐。如果说水是淮安的一种宿命，那么与水共生，彼此成就，就是淮安人的理智与情感。不是利用高科技趾高气昂地驾驭水、驯服水，没有霸道地用发展的手钳制、压抑大自然的伸展，也没有因人类欲望的驱驰而舍弃或者修改万物，而是顺风顺水顺势，造就和谐与共的命运共同体。在日新月异的变迁中，正是这种生态，使人们在这座"水上漂浮的城市"得以安居，却没有任何漂泊动荡的不安，宛如骑在马背上，信马由缰，踏进新时代。

第
三
辑

大时代，小阅读

　　现在有很大一部分书出版目的相当明确，是专门给都市青年看的，给他们从某间咖啡厅或茶吧的书架上轻轻取下，就着咖啡和香茗看的。这些书有着一些类似的特点：装帧必须有格调，最好是十六开窄长装，排版舒朗，处处留白，封面简约抽象，题目剑走偏锋，内容虽不主流，但角度刁钻。这类书不属于通俗文学一类，更不属于盗版市场的紧俏品，味道有些刁钻，一般人不一定会感兴趣看，但端在手上能让人显出一些特殊的格调来。比如他们耳熟能详的《麦田里的守望者》《来自中国的北方情人》《伤心咖啡馆之歌》《心是孤独的猎手》，还有不少国内的如梁实秋《雅舍小品》、董桥《文字是肉做的》，包括张爱玲的很多书，甚至王家卫文字版的《重庆森林》《花样年华》等等。当然还少不了各种时尚类杂志。

　　我称这类阅读为小资阅读。这种阅读不带任何压力，并不强迫人接受，信手翻开某一页，就能很快进入一种情绪流里，就像惯常进入的一间酒吧里，一坐下，调酒师把他昨夜的存酒拿出来，很快就找到了属于他的领域。"打开一本书也是漫漫长夜"，这是小资阅读者们比较认可的法国作家玛格丽特·杜拉斯的话，最能贴切地形容小资阅读者的视觉感受。

与这样的阅读姿势相适应的小资文本，与大多传统的叙述模式不同，这些作品并不直接对人生问题、难题进行追问和质询，而大多呈现着一种断裂，并置着非线性结构，混沌、暧昧地表达生活的一种状态。最为典型的文本代表，就是日本作家村上春树的作品。《挪威的森林》在任何一间有书架的公共场所里都可以看到，他就是那样平静和不经意地向读者倾诉自己的故事，爱情、生活、困惑、小幸福、小忧伤，不时突然袭击地质问一下关于幸福和绝望的虚妄性。村上春树创造的一系列虚幻的人物故事，《青春舞步》中的羊男，《世界尽头与冷酷仙境》里的独角兽头盖，《寻羊冒险记》里自由出入人体的羊等等，是在都市生活背景下产生的荒诞的人、荒诞的故事，既不挣扎反抗，又不完全麻木接受。这些作品，任何一个断章都能让这些小资阅读者们找到同类世界里的困境和生命的伤痛。我在这里说的是生命的伤痛而不是生活的伤痛。生命的伤痛是来自生命主体本身的情绪，是摆脱现实层面的、模糊的，却时时像跳蚤一样叮咬着我们的生命感，这些情绪与置身时代变革中人所承受的责任、担当之沉重感无关。

怎样的写作姿势在很大程度决定了作品的精神姿态和格调。村上春树喜欢在酒吧里，听着爵士乐优雅地创作。杜拉斯在一间海边酒馆写。一位国内的女作家陈丹燕，在各个国家专门搜罗有名的咖啡厅，写里面，在里面写，她的《上海的风花雪月》《上海的红颜遗事》也是小资书架上的常客。还有很多我所知道的年轻作家，携着一本薄薄的笔记本电脑，在酒吧，在海边，软软地窝在沙发上、飘窗上，想想心事，敲敲键盘。而那些一辈子写着反映现实、直面世相的作家如路遥、陈忠实、余华等等，他们坐在硬冷的板凳上，直接写出了自己沉重的思考、疑问乃至愤怒。

小资阅读会让我想到 20 世纪初期中国出现的唯美主义文学。在王尔德、波德莱尔等西方唯美主义作家的影响下，"五四"退潮后涌现一大批唯美主义作家：徐志摩、朱湘、邵洵美、何其芳、冯至、戴望舒、郁达夫等等。他们的作品今天照样也在小资书架上随处可见。要说这些作品中充满着忧伤的情调，是与当时社会背景相关联的，是梦醒以后无路可走的迷茫。林徽因 1932 年在《为艺术而人生》就写到一种状态："你不爱喝茶，你或者可去喝咖啡，喝白兰地，喝花雕，或者找好友纵谈，找情妇麻烦；或者去寻天堂，去问地狱。"这样的状态是否与今天徘徊在都市夜店的小资有相似之处？实际上是有着本质的区别；昨天的唯美无论创作也好、阅读也好，主要来自改造客观世界的无力，导致了颓废的情绪；而今天的小资阅读，更多的是一种生命本原的伤痛，是一种奢侈的忧伤，是寻找在烦冗生活模式里的一种情调。这些人将阅读当作白日梦，走出梦境，还是一个能在残酷的竞争社会里立足，三年内买楼五年内买车的目的明确的有为青年。

此外，近年"小确幸"这个词很流行，处处都能看到人们在日常生活中找到这种"微小但确切的幸福"：终于吃到了自己想念的一种童年小吃，生发出"嗯，就是这个味道，童年的味道"的喟叹；养了一年的多肉盆栽，今天终于开出了第一朵花；在某个群里抢到了最大的一个红包；书柜里翻出一本旧书，竟然发现里边还夹着一张百元钞票……诸如此类，在生活中小小的幸运与快乐，带来的是即时的、瞬间的满足和开心，被称为最简单的快乐，更被写作者升华出对人生的珍惜和感恩。

第一次接触"小确幸"这个词，是多年前在村上春树的一本随笔集《兰格汉斯岛的午后》里。这本随笔集写的都是生活琐事，跟村上春树的小说不一样，他的散文幽默、有趣，从日常看似平淡无奇的小事情中，生发出生活的况味，既亲切又轻松，体现他另外一面的审美气质。这本随笔集里篇名为"小确幸"的这篇文章，指生活中"微小但确切的幸福"。比如在文章中，村上春树说他自己选购内裤，把洗涤过的洁净内裤卷折好，整齐地放在抽屉中，就是一种微小而真确的幸福。

实际上，国内早就开始流行这种小确幸文章了。它的前身就是我们以前说的心灵鸡汤文。我并不是批判心灵鸡汤文，心灵鸡汤文自然有其广泛读者。但我认为，一个读者的精神姿态和思考深度如果一直停留在这种小确幸上，是远远不够的。如同那些简单的快乐给人带来的稍纵即逝的感受，这些作品给人带来的启示和思考，如同一滴水瞬间消失在河面。

作为身处这个大时代的读者，如果过于强调自身主体性，毫无选择地进入这些小阅读，是不是也是一种逃避？久而久之，这种逃避会不会成为一种集体无意识？如同那本一度热门的书《从你的全世界路过》，终究，真的成为一个从全世界路过的人了。

从理解一朵花开始

　　说实话，在往前一点的年岁，四季之中我最爱秋季，喜欢它从凉渐变至冷的那个阶段，清凉又不至于萧瑟，而最重要的是，喜欢它不像春天那么热闹。春天看花的时候，我亦独赏那枝头的一朵，那形象暗合我自以为特立独行的审美。土地解冻，万物苏生，百花齐放，百鸟归巢，叽叽喳喳，这种热闹的春天景象，一度被我偏执地认为不够"文艺"，不够"酷"。真正认识春天，懂得欣赏春天的时候，我已人届中年。那几乎就是从理解一朵花开始的。

　　去年春天，我们去砀山看梨花。梨花，在古典诗词的意象中，总是隐喻离愁别绪，梨花的美学形象在古往今来的文学作品里被塑形，分离、飘零、楚楚可怜，甚至形容女人的流泪也是"梨花带雨"。然而在一个叫作良梨的村子里，我体会到了梨花的另一种隐喻。砀山有百万亩梨园，每年春天，梨花盛开的时候，名副其实一片香雪海。在这里，梨花似乎远离了文学作品赋予的形象，它美好、甜蜜、盛大，它不会哭，只会笑，梨花的盛开便是一张张丰收的笑脸。蜜蜂围着花蕊跳舞，无名的昆虫在花芯里探头探脑，甚至一阵微风吹过来，对这里的人来说，都是大自然对他们的报答。在良梨村的万顷梨园，我看到果农爬上高高的梯子，手上拿着一根小棍子，像是正在对一朵朵梨花施展法术。当地的村民告诉我，他们这是在争分夺秒点梨花。点梨花是砀山梨园世代沿袭的传统绝活。一根小棍子上系一小团鸡绒毛，蘸一下采集来的花粉，往梨花的花蕊中轻轻一点，这里一下，那里一下，果实往往就这样获得了孕育的机会。梨花花期短暂，果农争分夺秒，人工授粉可以大大提高梨树的结果率。砀山梨是整个村子的经济支柱，延伸的产业链更是以一朵梨花为开端的。从某种意义来说，梨花成就了这个村。当地有一棵被命名为"乌龙披雪"的梨树王，三百多岁了，依旧不负众望，洁白的梨花几乎将树上的虬枝全都覆盖住了。这棵梨树王，丰年的时候，结果可达到四千多斤。我从那一树梨花中，仿佛看到压满枝头的金灿灿的梨子，感受到它蓬勃的生命气息。

　　梨花带活了良梨村的旅游经济，田野上建起了一间间崭新的民宿，设施既现代化又不失乡村气息。令我印象最深的是，在民宿外墙上那一幅幅色彩鲜艳、生趣盎然的农民画。其中有一面墙，画着一个满脸皱纹的老农妇，她的头上裹着绣满梨花的绿色头巾，怀里抱着一只老母鸡。她睁大眼睛，深情地望向远方。农民画，画得并不讲究，老妇的指节形状怪诞，比例失调，但她的眼神一下就吸引了我，不由自主地随着她目光的方向看过去：那是一片土地上的海洋，梨花如层层海浪，如此壮观，如此繁盛，隔着那么远，我都能感受到梨花在枝间喜悦地颤动。我将这幅画取名为《春天在那里》。

很长一段时间，在对着春花秋月感怀抒情的时候，我几乎已经忘记了，花朵的盛开不仅是好看，也不仅是为了与人在通感里相认，更不是只为了勾起人朝花夕拾的生命唏嘘。花朵是对果实的召唤，如同春天对秋天的召唤，那些被花瓣小心呵护着的花蕊，是鲜花怀抱着的果实的心愿。从一朵娇弱的梨花里，我看到了丰硕的果实，看到了生命的尊严和力量。春天，一年之初，四季之始，在春天盛开的所有花朵里，都蕴着一个个果实的心愿，这是花朵的本义，也是春天的本义。我爱上了这样的花朵，也爱上了这样的春天，因为人无论处于哪个年龄段，都应该怀抱着那样的心愿。

读读书，看透风景

　　出门采风或旅行，但凡涉及那个地方的历史人文，乃至未经考证的传说，都会让我萌生去找相关书籍来看的意愿，按景索骥，是为更深地了解，也是为印证所见所闻。最终总会慨叹自己所知甚少，又总会庆幸那些"知"得以经由书籍流传下来。于我而言，"走万里路"更想要去"读万卷书"。前些年流行一句话，"世界这么大，我想到处去看看"，任谁站在被高楼大厦切割着的天空下，都会举头想想自己的"诗和远方"。若光是去看看，脑子空荡荡，眼睛便与一部摄像机无异。记得某个深夜，三五个朋友站在孤山脚下，望西湖。明月在上，看着我们。当中一人念起："岁熟人心乐，朝游复夜游。春风来海上，明月在江头。灯火家家市，笙歌处处楼。无妨思帝里，不合厌杭州。"得益于白居易这首《正月十五日夜月》，这般景致，就不仅留在了眼里，也不是简单的"好美"或"喜欢"所能概括了。

　　作为一个新杭州人，我几乎不可能脱离文字的影响来体会杭州这座城。景物常与故人、旧事形成一种有意思的时空伴随。譬如，站在钱塘江畔，看潮奔涌，会想起钱镠，挥斥方道，降潮立功，转而走到岸边的樱花树下，花瓣荡至肩上时，忽然会心，难怪如此勇武的人也能写出"陌上花开，可缓缓归矣"这般温柔的情书；从清波门经柳浪闻莺踱至清照亭，染上李清照的点点滴滴意绪，寻思她为何常常以水载愁，却不愿面对咫尺之近的西湖吐露半个字；坐在楼外楼的临窗桌前，温一壶黄酒，夹一粒龙井虾仁，微醺之际，恍惚见林升伫一壁前，揾泪疾书"暖风熏得游人醉，直把杭州作汴州"，一段历史翻页而至……山水亭台，故居庙宇，街巷老墙，风一吹草一动便带来了故人的心跳和叹息，人一驻足一沉吟便将眼前景物推到了纸上。甚至站在公交车站牌下，一个个站名读过去，有时也会有读一本书目的错觉：三天竺、感应桥、古荡、留下、闲林……有一日，我从灵隐寺出来，缓缓走到一个公交车站候车，见站牌上写着"立马回头"四字，以为是个警示路标，细看原来就是这个站点名，心生好奇，打开手机查找资料。站在大樟树下，津津有味读到了一段有意思的掌故，以致车来了都不觉察。看着绝尘而去的公交车，内心竟没有半点懊恼和气急。阅读使人内心平静，阅读能使人将风景看透。杭州就是这么一个静气、人文气重的城市，令人处于某种专注而忘乎所以。

江南雨水多，"晴耕雨读"的传统大概杭州人是很能默契的。坐在雨声隔出来的白噪音里，桌前一杯绿茶，一本摊开的书，周遭天青色，远处山影淡，人在书中游。在杭州的图书馆、博库书城以及大大小小的书店、书吧，随处可以看到这么文艺的画面。这些画面与其说是风景，不如说是日常，嵌入烟火百姓家。我特别喜欢逛一些充满个性的独立书店。二十四小时通电的"悦览树"、铺满镜子的"钟书阁"、倒计时两年营业的"尤利西斯"、每周只推两本书的"两本书店"、有猫咪待客的"猫的天空之城"、大屋顶下的"晓书馆"……这些书店在杭州有不少，空间不是太大，书的种类也不是太全面，但只要走进去，就像进到了书店主人的家，从装潢摆设乃至书籍的选择，都透露出主人的个性爱好，逛这些书店就好比跟爱书之人见面、倾谈。最为杭州人熟悉的是拥有二十六年历史的晓风书屋，近二十家连锁店开在商业区、社区、景区、博物馆、校园乃至医院里，名副其实的亲民书店。我曾经看到过一张照片，在医院一楼透明的晓风书屋里，一个挂着吊瓶的小女孩坐在窗边，听妈妈在读书上的故事，吊瓶悬在她头顶，秒钟般滴答静静陪伴。医院里各种等待的焦虑、担忧、惧怕，在书店里多多少少得到了缓释，在他人书写的虚实之间对生命有了点滴领悟。

这些年，我喜欢领外地来的朋友登宝石山。离山顶保俶塔不远的山腰上，有一间面朝西湖的"纯真年代"

书吧，这是我来得最多的地方。书吧的主人是一对夫妇，丈夫是有名的作家，妻子是大学教授。千禧年，丈夫送给与死神擦肩而过的妻子这间"纯真年代"，二十多年来，这里迎送过许多作家、艺术家，举办了很多场读书会、朗诵会、观影会，是杭州城的一张文化名片，是西湖边的"最美文化客厅"，更是文化人来杭州都要打卡的聚集地。九年前，丈夫生病去世，儿子辞掉工作，跟母亲一起继续经营着这份"生命的礼物"。大多时候，我会独自选一个晴朗的午后，在二楼一个靠窗的位置，坐在莫言写的"看山揽锦绣，望湖问子潮"那副对联下，读闲书，望风景，发发呆。门楣上挂有一张海报，很久很久都没掉下来，上面写着：物质社会，我们依然纯真年代。山风吹过，海报会轻轻叩击木门，我会被分神，反省自己此刻是否虚度了时光，是否正在做一些无用之事？然而我却心安理得。书籍是送给心灵的礼物，我心安理得地一次又一次接过了它的馈赠。

世间所有奔向春天的脚步

春天是四季轮回的开端，但它又是漫长冬夜的终点，更多的时候，对于人们而言，它并不是一个季节的名词，它已经替换为复苏、解冻、生长、温暖、美好，以及一切与希望息息相关的信念。面对一个漫长又萧瑟的冬季，拍拍一个寒冬夜行人的肩膀，或者安慰一个潦倒困顿之人，人们很多时候会轻轻说出"冬天到了，春天还会远吗?"这句雪莱的名诗。这不是疑问，而是确信。然而，春天并不是轻轻来临的，它处于冷暖交替的过渡阶段，我甚至觉得它比任何一个季节都要用力，如小草冲破泥层才能长成萋萋状，如河水破冰消融才会迸发欢声笑语，如小鸟越冬迁徙的长途跋涉，如冷暖季风对弈的高空和解……

这几年，因为出行不易，我开始坚持在小区跑步锻炼。对于一个长期疏于锻炼的人，除了在姿势、呼吸等方面力求掌握正确方法之外，最为困难的就是克服懈怠的情绪，要养成一种习惯的肌肉记忆。很多有跑步经验的朋友都纷纷跟我说，每次起跑后，人在不断打破身体静态平衡的十分钟左右，会出现一个耐受力的"适应点"，只要坚持跨过这个"适应点"，便渐入佳境，便不会容易半途弃跑。而这个耐受力大多与人的意志力相关。也就是说，在跑到那个"适应点"出现之前，我需要一些精神鼓励。刚开始，我找到了一种方法。在跑第一圈的时候，我就会锁定途中的一个目标，有时是一棵冠顶开花的栾树，有时是一棵仿佛要燃烧起来的枫树，有时是一株香气袭人的桂花树，也有可能是一丛白茶花、一树虬枝上的红梅……转角遇见它，转角又遇见它，如此往复，它们被我当作跑步这种机械运动的"亮点"，当作振作肉体的精神"犒赏"，它们一次又一次促动我的脚步，直到跨过那个十分钟的"适应点"。这种自设的精神鼓励法的确有效。偶有弃跑的念头升起，我就会在心里对自己说，只要再跑几分钟，那株美丽的梅花就等到我了……只要跑到那个拐弯处，就能闻到桂花的芳香了……只要坚持到亭子那边，那簇闹春的桃花就会扑入我眼里了，春天就不远了……就是在这些"不远"的鼓舞下，我坚持跑了下来，渐入佳境。

南方的小区里，植物多，除了绿这种基础色外，每个季节都不乏色彩点缀，寻找跑步中的"亮点"并不是难事。但不记得从哪天开始，我不再刻意地去锁定一个目标，那棵小叶榕成为我跑步必然的"遇见"，"遇见"是为了想见。

第一次注意到这棵树，是在一个万紫千红目不暇接的春天。它夹杂在香樟树、柚子树、柳树等树木当中，要刚好站在某个位置看过去，这棵树的全貌才能引起人的注意。严格来说，它不像一棵树，它的根并没有深深地扎在地上，而是从那堵围墙中部的砖缝挣扎出来。树叶顺墙低低生长，有的地方茂密，有的地方寥寥数叶，使人乍一看以为是爬山虎之类的攀爬植物，但是在它越过围墙之后，竟凌空长成了榕树应有的形状，壮实的躯干，浑圆的树冠。它的枝条上生出很多根须，有的随风飘荡，有的正在努力往下生长，有的已经触到砖缝的泥土正在变成另一支根脉。我讶异于它的树形，跑近去追根溯源，细看才明白，其实是一条条气根钻进墙缝后壮大为一节节支柱根，共同撑起了墙外整棵树的形态，绿叶婆娑，根须起舞，亦庇荫墙下的路人。生于岭南的我，对榕树再熟悉不过。榕树有很强的向地性，千丝万缕的气根，凭着向下生长的一股劲头，一旦触及泥土，便努力吸收养分，只为了长成另一脉支柱根，衍生出另一片繁茂的树冠，独木成林，生生不息。处于一片花红柳绿之中，这棵墙上的榕树确有一种"孤勇者"的气质。

自从看见这棵树之后，我的跑步就有了固定的目标，一次一次用力奔跑，为了经过那个位置，为了踏入一个最好的角度看到它，甚至感觉不到自己是如何跑过了那个"适应点"。很奇怪的是，如同形成了某种肌肉记忆，现在我无论在什么地方跑步，在校园的跑道上，在西湖的堤岸边，甚至在一条无名的小河绿道上，只要我开始向前奔跑，跑到某个瞬间，我的脑海里都会出现这棵树的形象。它牢牢地攀住那堵墙，又用力地越过那堵墙，它在我的记忆中，刚好站在了一个最美好的角度。因为脑海里的这棵榕树，我觉得我在任何地方都能跑下去，只要决定跑下去，就不会轻易弃跑。

　　我在广东、福建、云南等很多地方看到过榕树，就算在不同的季节看到它，它都是满树的郁郁葱葱，凛冬不凋，总是让人感到春意盎然。我从来没有看到过榕树枯黄颓败的样子，它被人们称为"万年青"，大概是因为那千条万条的气根，从潮湿的空气里吸收水分，源源不断地输送给了树干。更重要的是，当那些幼细的气根长成支柱根后，深深地扎入泥土里，将大地的营养回馈给了主树。柱根相连，柱根相托，与其赞叹榕树的生命力，不如感佩它不放弃任何生长的可能性。在我心里，我觉得榕树很像春天。虽然它本身毫不在意季节，虽然它不会姹紫嫣红热热闹闹，只会开出与它身形极不匹配的含蓄细花，常常让人遗忘它开花的样子，但它跟春天一样用力，用力生长，用力向地，用力成林，用力去绿。那一条条垂挂下来的气根，就像它生长出来的希望之脚，朝着泥土无声地奔跑，如同世间所有奔向春天的脚步。

反响的焦虑

几乎很多作家都会表示，自己的作品一旦完成，公布于众之后，这个作品就跟自己没什么关系了，好坏任由他人评说。事实上，要做到这一点很困难，需要境界。在这个众生喧哗的时代，作家除了享受书写过程的痛并快乐之外，另外一部分享受是来自作品的反响和动静，这是写作的虚荣，也是写作的一种动力。我也不能免俗。而所谓的反响，既包括读者的读后感、同行的点赞，更主要的一部分来自于批评家的意见。

写作若干年，我对于这些反响的认识逐渐有了变化。记得第一篇小说在《花城》杂志发表，用的是笔名。基于一种羞涩的心理，我害怕被人看出来是我写的。现在想来，这不是一种不自信，而是害怕自己不成熟的小说技法没能好好地隐藏里边"我"的那些部分。在某个场合，听到有人提及这个小说的时候，会有心如撞鹿的感觉，有被识破的慌张。后来，改回真名开始陆续发表小说，很奇怪的，那些害怕和慌张竟然消失了，随之而来的是一种忐忑：这个小说编辑会喜欢吗？这个小说是不是写得不够好？这个小说批评家们会怎么看？是的，这些问题曾经盘旋在我把小说发送出去之后很长一段时间，或轻或重地，逐渐有了一种我称之为"反响的焦虑"。

我毫不羞于掩饰自己的虚荣心，相信每一个写作者都经历过这些阶段，甚至，对于有的作家来说，这些"反响的焦虑"从来就没有消失过。打个不恰当的比喻，我家的小猫特别爱舔毛，我咨询兽医，问猫咪痴迷于舔毛是不是一种病。医生回我几个答案，其中一条就是，猫咪在受到主人批评之后，为了缓解情绪的焦虑就会舔毛，将各个部位的毛发舔得清清爽爽，将那些打结的部分用牙齿和唾液梳理得顺顺溜溜。有的作家为了缓解自己"反响的焦虑"，也采取这种"舔毛"的方式，顺着批评家所好，甚至有为批评家而写作的倾向。他们下笔时就懂得在批评家必然会画波浪线的地方故意盘桓，他们也许不在意小说的留白功能，但绝对在乎为批评家预留下充分的阐释空间。这些有经验的作家，往往就能准确获得绵延不断的波浪线，借此划着成功的小船乘风破浪，获得文坛一致叫好。说实话，我对这类作家是有点"服气"的，因为他们在写作表达自我的同时竟然舍得丢掉自我。

从某个角度来看，写作者在初期阶段，的确得益于批评家的关注，如同获得发表一样，获得批评家哪怕寥寥数语的点评，也会成为他写作的某种刺激。然而，跟批评家在评价作品时需要判断力一样，作家对于批评文章同样也需要有判断力。我早期写过一个小说《暖死亡》，发在《十月》杂志上，当时，北大中文系邵燕君老师还在主持一个"北大评刊"的项目，定期组织研究生对刊物作品进行讨论。《暖死亡》在讨论中产生了一些批评的声音，针对这个小说呈现的魔幻现实主义风格的"四不像"，他们做了有理有据的讨论。我看了之后，心里是接受的。当时写这个小说的时候就没想太多什么主义，但显然是对一些先锋作品的模仿，模仿得的确很"四不像"。判断力加上真诚的态度，是作家与批评家能握手的基础，无此，不是陷入恶意的"棒杀"，就是沦为无耻的"捧杀"。这样的例子，这些年在文学界并不少见。

但是，拥有准确的判断力谈何容易？思想深度、理解力、胸怀、勇气等等，都是构成判断力缺一不可的品质，正如法国作家约翰·拉布吕耶尔说的："在这世上至为稀有的东西，除了辨别力，接下来就是钻石和珍珠了。"也正因为如此，这个世界上才会出现那些"高于他的世纪的人"，即他的作品生前并没有得到重视，甚至一点反响也没有，直到他死去的一百年两百年甚至更久之后，他的作品才得到认可并被奉为经典。莎士比亚、凡·高、培根……不胜枚举。从某个角度来说，时间才是最公正的批评家。

我曾经亲耳听到一个成熟作家对一篇评论他的文章鄙夷地说："这篇评论写得太差了，夸都没夸对，他根本没读懂我的作品。"看起来，判断力不仅针对批判观点，表扬更需要判断力。我们时常听到作家在期待"到位的评论"。其中，既包括对作品真正到位的批评，也包括对作品真正到位的赞美。作家虽然不是批评家，但是，作家自持的文学观会随着作家越自信而变得越坚固，所以，自信的作家不会被那些绕来绕去的理论所蒙蔽，更不会被左右。批评家呢，更是有着他坚固可靠的一套，不管作家是否认可，他们常常认为作家是最"难弄"的，尤其是成熟作家，无论怎么表扬或批评，都不会让作家满意。所以，作家和批评家所持的傲慢与偏见，反而阻碍他们文学的通约。

在今天，作家看了某篇批评文章，第一个反应往往会是：某某批评家在"骂"我。人们平常使用"骂"这个词，多半带有斥责、贬低的倾向，被骂者多半带有不服气、抗拒的姿态，与它相连的形容词多为暴跳如雷、怒气冲冲、面红耳赤……是非理性的。"骂"不可能有理有据、彬彬有礼、严谨有序，只有辩论、商榷才能做到这些。作家认为批评家的批评是"骂"，本身也是一种非理性，除非他们的确认为批评家的批评完全没有道理，是一种非理性的批评。相反，批评家会责怪作家太脆弱，听不得批评意见，认为自己的作品每一个标点符号都是好的。

造成作家对批评家丧失信任，除了有的批评家不细读文本便信口开河甚至胡乱"酷评"之外，还因为有大量的人情评论、红包批评、营销式的评论。因为批评家掌握话语权，如果不谨慎地使用这个权杖，其公信力就会渐渐下降。叔本华在《论判断、批评和名声》一文中说道："某些批判家以为哪些作家或作品是好、哪些是坏是由他一个人说了算，因为他们把自己的玩具喇叭当成了可以远扬名声的铜管长号。"当作家认识到批评家不端正地使用手中的权杖之后，便逐渐丧失了对他们的信任，他们对批评也开始了一种游戏精神，对于表扬的字词来者不拒地笑纳，将批评的意见一概认为是无理的谩骂。而造成批评家对作家丧失批评热情的原因在于批评家认为作家根本听不进批评的意见，稍做批评立即变脸，甚至牵扯进一些人际关系的问题，他们认为小说家最拿手的本领就是在小说中处理关系，在现实中也是如此。

说到底，作家和批评家的关系从来就不能达到皆大欢喜。基于文学的多义性、复杂性，审美体验的个体化、多元化，作家与批评家即使就同一段落的阐释都难以高度一致，正是这些歧义、纷争，构成了文学深邃的魅力。问题在于，现在我们少见这样的纷争，作家与批评家表面上维持着虚假的一团和气，他们礼貌地相互应酬，在研讨会上隔桌点头示好，就像两个生意人。此外，那些对二者之间偏激地秉持着"距离论"甚至"敌对论"的观点，我也不太认同。因为文学，作家和评论家成了同道中人，不存在谁指导谁，更不存在谁依附谁，他们都是"写作中的人"。在我写作有一段时间之后，遇到了自己的一些瓶颈，我尝试去咨询一个我信任的批评家。没想到，他并没有用惯有的一套套理论来试图解答我的问题，而是很坦白地说："这些问题的确是你小说里存在的，但是，说实在的，如果我会处理，我自己都可以去写小说了。"接下来，他耐心地指出了我小说中的一些技术问题，并且列举了一些经典的文学作品为例证，就像一个内行的读者在讲述着他的读后感。我认识到，小说的问题还是要在小说里解决，要在伟大的经典作品里寻找解决的路径，而批评家所持的理论只是为了小说家更好地发现和归纳问题。这是一次平等而愉悦的交流，这样的交流本来就应该属于作家和批评家，抛开傲慢与偏见，抛开各种动机与杂念，真诚地对准文学，就像厨师与厨师在后厨品尝刚烧出的一盘菜。

阎连科在一篇谈作家与批评家的文章里说道："因为理性和容让，就说他们会成为模范夫妻，却是决然地没有可能。毕竟，在这个家庭里，矛盾是他们相互认识的镜子，裂痕是把他们捆在一起的绳子。因为矛盾和裂痕的存在，他们才更愿意去探究对方；因为探究，也才能发现对方伟大的不凡和可笑的不齿。"我很赞同这个说法。这两种人，就应该相爱又相杀，始终保持着对对方的兴趣和探究，也是保持对文学热情的一种。就让他们一辈子相爱相杀下去吧。

补白与助兴

　　历来报业内有一种说法："北有孙犁，南有秦牧。"北方有《天津日报》副刊的孙犁先生，南方有《羊城晚报》副刊的秦牧先生。他们既是著名的编辑家，又是著名的作家，可以说，报纸在一定程度上借助他们的名望而扬名，同时，他们的办报理念和人文风骨，支撑起了副刊在读者心中的地位。生活在南方，能够进入《羊城晚报》编"花地"副刊，是我读书期间心心念念的愿望。1998 年，我大学毕业后得以进入"花地"当副刊编辑，可以说是梦想成真。一个人，能以兴趣爱好当作职业，这真是莫大的福分。我想，正因如此，一生热爱文学的孙犁先生才会舍弃各种晋升当官的机会，坚持在副刊当编辑，津津有味，"把编辑这一工作，视作神圣的职责，全力以赴"（孙犁《关于编辑工作的通信》）。

　　在"花地"编副刊，能"遇到"很多文学名家，当然大多是通过作品和书信，见字如面。狂狷者、倔强者、内敛者、敦厚者、文如其人者、文与人相悖者……个性种种，从作品和书信往来中可窥一二，也是有趣。

记得我刚进编辑部工作的时候，编辑老前辈万振环老师曾经有一次从他常年紧锁的抽屉里，宝贝一般，小心翼翼拿出一封短笺。大概是为了教育我这个刚入职的年轻人，他用手将那短笺的落款轻轻捂住，让我猜此信出自哪位作家。手写，竖排，字体清隽、洒脱。从抬头以"同志"的称呼看，我断定这是一位老派作家，但读到最末一段"请选用补白，如不合用，寄下即可，万勿客气"时，我又犹豫这大概是一位分量并不那么重的作家。最后，万老师深叹一口气，手一挪开，"孙犁"二字赫然出现在我眼前。要不是早就听说孙犁先生一直与"花地"保持着密切的来往，我简直不敢相信，就是那位在大学课堂上，教中国当代文学史的老师给我们详细赏析过的《荷花淀》《白洋淀纪事》的作者孙犁。一位已经进入文学史的大家，竟如此谦虚地声称将自己的作品为"补白"之用。这位从未谋面的大家，因为这句话，在内心与我亲近了起来。后来，我不断听到万老师讲述与孙犁先生交往的点点滴滴，先生的形象连同他的作品一起，逐渐在我的心中成形。可以说，这句"补白"的话，与孙犁先生的文学成就相悖，但却与孙犁先生的风格气质高度吻合。这封手书短笺，应该是我与孙犁先生最近距离的"接触"了。信中的内容我已忘了，但独独最后这一句，二十多年过去，我依然清晰记得，连同从"孙犁"的名字上轻轻挪开手那个瞬间，我亦如在目前。这对于我来说，不仅是一个深刻的记忆，也是一种深刻的影响。这句话时刻提醒着我，作文为人都不能恃才自傲，平视生活，才能获得辽阔的视角和境界。也正因如此，孙犁先生作品中塑造的人物形象才会熨帖地传递着广大民众的情愫与愿望，深入人心。

2011 年，我获得了以孙犁先生命名的"孙犁报纸副刊编辑奖"。在天津团泊洼举行的颁奖会上，孙犁先生的女儿孙晓玲女士上台致辞，其中说到孙犁先生很重视对年轻人作品的关注。很多人感念他，现在不少名家都是他从文学新人阶段培养起来的。而孙犁先生生前对此早就有过回应："作为刊物和编者，只能说起了一些帮忙助兴的作用，说是培养恐怕重了一些，是贪天之功，掠人之美。"一如孙犁先生谦逊、淡泊的风范。"助兴"二字，字面上看，轻描淡写的谦和，而我深知，副刊编辑所"助"之"兴"，对于一个有志于文学事业的年轻人来说，分量何其之重。毫不夸张地说，在 20 世纪八九十年代，副刊改变了我的命运。从第一首诗歌在报纸副刊发表之后，我在青少年时期的作品，多数都是在副刊上发表的。得益于副刊，我这个文学爱好者能坚持理想，成为文学新人，最终成为一名真正的作家。要是没有副刊对我所助的"兴"，在写作这条寂寞冷清的道路上，不要说一如既往的勃勃兴致，置身当下众声喧哗、娱乐化的时代，恐怕连兴趣都不一定能保留下来。我庆幸并感激自己得到了如此重要的"助兴"。

在孙犁先生离开我们二十周年之际，我从书架上取出一本在旧书网上淘到的《文艺学习》。这本于1964年出版的小册子，是孙犁先生1942年在冀中为基层作者所写的一篇文章，主要论述写作与生活的关系。书很旧，纸张泛黄，已经不堪用力翻页，应该是经过了几手才辗转落到我手上，里边有的段落、句子被写写画画，空白处做了批注，字迹、笔墨并不一致。坐在初夏的阳光下，我小心翼翼地翻看着那些被陌生人画线、批注的句子，想象着多年前，不知道是谁也跟我此刻一样，领悟着孙犁先生对于写作的理解，共振、共情。作家"一定要比别人更关心那时代、社会、人"，作家要把"新的人表现出来，把新时代新人的形象创造出来"……这些句子的下边，被不同墨色的笔画出了多条线，有的相互覆盖，有的相互交叉，我与"他们"隔空相遇。无论身处哪一个年代，这些对于文学的理解都具有启示意义。写下这些话的时间，距离今天已经八十年之久，但却依然使我感奋。写作多年，常有迷惘，有时会在一己之情绪中兜兜转转，有时也会因为某些野心和虚荣，失去了写作的初衷。阅读着孙犁先生的作品，我有一种重返文学新人的感觉，在进行一次精神洗澡，宛若闻到了从荷花淀深处飘来的阵阵清香……

千千阙歌

出生在白话区，母语是白话，自然就是听白话歌曲长大的。"白话"沿着西江一路流向东，流到广东就叫作"粤语"了。从有记忆开始，每逢新年，踩着满地鞭炮屑，跟父母去拜年，逗利是。骑楼黑黢黢的木趟栊门洞里，必定会传出许冠杰那首香港贺岁歌："财神到，财神到，好心得好报。财神话，财神话，揾钱依正路。财神到，财神到，好走快两步，得到佢睇起你，你有前途……"再旧再陋的厅堂，都会被这明快的节奏照亮；再孤再寒的细民，都多少能感到些许振奋。据说20世纪80年代，在这首歌的鼓舞下，我们这里有很多人从鸳江码头出发，一路慢船，到香港找财神去了。等到"香港十大劲歌金曲"沿水路流行进我们这个小城来的时候，我正值青春期，心底里那朦胧的、叛逆的、无名无分的种种情绪，从一首首金曲里找到笼统的应答。

我们家所在的老街口，有一栋私宅。它跟那个年代清一色的石米外墙单元楼不一样，红砖灰瓦，门前有几级阶梯，阶梯有扶手。四层小楼，每一层的阳台方向都不同，灯亮起来的时候，小楼就像上元节挂起的一盏宫灯。我每天放学都要在这栋宅子门口磨蹭很长时间，悄悄站在第二级阶梯，那里有一个位置可以刚好抬头看到厅堂里的电视机。那家人仿佛不用上班，也不出门谋生，电视机从早放到晚，不放电视，放录像带，都是香港 TVB 的电视节目。在举国上下一夜之间都哼起《上海滩》那首"浪奔，浪流，万里滔滔江水永不休"的时候，那台电视机已经在播梁朝伟的《倚天屠龙记》了。大人说，那家的香港亲戚很有钱，"湿湿碎"随便弹点钱来接济一下，那家就成为我们马王街的翘楚了。翘楚自然骄傲，不太与邻居发生芥豆之交，但也不至于拒人千里，我在那家门口"磨蹭"时从未被驱赶过。站在门口追连续剧是不太可能的，但"香港十大劲歌金曲颁奖典礼"断断续续看过不少。记得有一个黄昏，那屏幕上一团白光笼罩，辨不清楚是人还是布景，歌声缓缓响起，"徐徐回望，曾属于彼此的晚上"……录像带画质粗糙，一团模糊的白光移动来移动去。直到唱过了好些句，才出现一个人像特写。我看到了那个戴着一顶巨大白色帽子的女生。女生面容清秀，身形瘦小，一袭垂落地面的白色蓬蓬裙，亮晶晶，简直就是我理想中公主的形象。

那是我第一次见到陈慧娴，第一次听到《千千阙歌》。仿佛她站在那里婉转地替我诉说心事。那团白光时时会在黄昏里向我招手。隔了半年，我在学校附近的水货店里买到"1989年香港十大劲歌金曲颁奖典礼"的录音带，是那种翻录磁带，没有封面，没有歌词。歌曲节奏缓慢，陈慧娴吐字清晰，我在日记本像写诗一样分行记录下了《千千阙歌》的整首歌词，那声长长的"哈"单独成行，仿佛一段不可告人的情感、不敢成文的秘密。过了两年，录像机普及，我租到历年"十大劲歌金曲颁奖典礼"的录像带，一个年度一个年度看过去，才知道，1989年，一首近藤真彦的日本歌改编成了两首粤语歌，在当年度的十大金曲里，梅艳芳的《夕阳之歌》排第一，陈慧娴的《千千阙歌》排第九，而重头戏金曲金奖，颁给了《夕阳之歌》。

如果不是在那家门口偶然先听到了《千千阙歌》，我是不是会更喜欢《夕阳之歌》？前者清丽婉转，临别絮语心存期待；后者沧桑低沉，千帆过尽领悟平淡。处于那个年龄的我，毫无疑问会选择公主般的演绎，忧伤中还有一丝心存侥幸的期盼。三十多年过去，从录音带到CD再到电脑到手机，无论播放的方式怎么改变，我还会听《千千阙歌》，无论是在小城简陋的卡拉OK厅，还是在大城市豪华的KTV包厢，《千千阙歌》都是我的必点歌曲。画面中，那袭白光随着前奏出现，我会想起那个站在别人家门口的黄昏。十五岁，心里有着简单的复杂、不可名状的伤感，"如流傻泪，祈望可体恤兼见谅""当某天，雨点轻敲你窗，当风声吹乱你构想，可否抽空想这张旧模样"。懵懂的十五岁，"你"是虚幻，是所有，是未来，是一切感情的称呼。不记得这首歌让我流过多少次"傻泪"。

信息发达之后，我才知道1989年香港流行乐坛有过一场著名的"千夕之争"，实质上就是前浪后浪之争。这一争，使梅艳芳宣布从此不在香港拿奖，陈慧娴隐退歌坛，远走他国，数年后归来东山再起时已是"但见新人台上笑"，错过了歌坛天后的位置。真应了那句歌："流行是一首窝心的歌，突然间说过就过。"2018年，在一档访谈节目中，陈慧娴重提那场"千夕之争"。画面中，发福松弛的中年陈慧娴，大剌剌笑着说："当年我就是一个小女孩，没拿奖，生气。到了现在这个年纪，我也会喜欢《夕阳之歌》。"她第一次公开唱《夕阳之歌》，致敬早已不在人世的梅艳芳，唱到那句"哪个看透我梦想是平淡"，眉毛都不皱一下。人虽各有各路，但最终都会共赏一抹夕阳。

十年前，我离开了白话区，生活在普通话的环境里，母语被挤在情感深窝，讲话和思考都用普通话。也爱听时兴的歌，但歌单里总会存着一些粤语老歌，耳机里循环听到时，我总是感慨，这么好听的粤语歌为什么就式微了呢？粤语九声，比阴阳上去多出了五声，高高低低，崎崎岖岖，未成曲调先有情，实在是最能扫遍人心旮旯。最近一次回乡过年，重返旧时老街，见那座红砖私宅夹在一排簇新的高楼之间，又小又旧。听人讲，这个小楼几易其主，现在租给了一些外省来做小生意的散客。我悄悄踏上第二级阶梯，想探头去看那门里面，忽然从暗绰绰的厅堂里走出一个彪形大汉，骇得我急急转身逃离。回头远望那小楼，竟比近看时更为清晰，更为熟悉。

时间一过再过，境遇一迁再迁，好在《千千阙歌》留在我记忆里，与我共鸣多年，在任何场合、任何情景下响起，都会勾起阵阵唏嘘。无他，皆为过往跌落一地的碎屑，亮晶晶。

积累的快乐

2015 年，生平第一次坐头等舱，是因为屡屡坐经济舱往返，里程的积分数够了。航空公司问，女士，您已经有两万七千公里的积分了，要不要给您升舱？欣然接受，一是出于好奇，二是出于一种小农心理——享用自己辛苦攒来的级别，几分耕耘几分收获，应得此报。

优先登机，感觉真好。位置阔绰，感觉真好。以往坐飞机，把行李箱艰难地塞进李架，然后侧身从乘客的膝盖前挤过去，还没扣上安全带，左右邻居就会相互点头打招呼，就像我们即将开始一种新的工作关系——合作愉快哦。在同一个扶手上，胳膊肘被另一个胳膊肘挤落，也不好表露出一丝不悦的意思。相比起这些，头等舱的感觉真好。可当我环顾隔壁左右，我的感觉慢慢变得复杂起来——仅有的那几个座位上，东倒西歪露出疲态的几个头等舱客，看上去都是些涉世不深的小年轻或者说少年。我身边过道的另一侧，把棒球帽檐压得低低欲昏睡过去的男孩，胡子桩都没长几根。我的左前方，两条长腿伸得霸道的男孩，精良的皮鞋上露出半截子白皙的脚踝，它有没有走过二十年的路？我的正前方，从座椅靠背的缝隙间跟香奈尔披肩一起漏出来几绺颜色丰富的头发，这种幼细的长发属于二十来岁的女孩。而与我相邻的那个女孩，裹在一张大毛毯里，只露出一张小小的巴掌脸，我猜她二十岁都不到。

隔帘一拉上，对我来说就像进入了宇宙飞行员舱，有一种缺氧的窒息。落座前那种小农的幸福感荡然无存，取而代之的是一种淡淡的失落。我并不是在嫉妒这些头等舱客的年轻，我是在嫉妒他们年轻的身体下坐着的位置。我不该嫉妒吗？在他们这个年龄，我只在电视上看到过飞机。人届中年，我因为额外的奖励才获得了这个位置，而这个额外的奖赏来自于我两万七千公里的奔波，一二三四五六七，多劳者多得……我有什么可庆幸的吗？我不过是在享受自己的劳动成果。那他们凭什么？年轻得路都没走多少。但他们一定是富有的。他们只要一伸手，就会有锦衣玉食放进去。我猜他们四五十岁的父亲母亲们，一定也走过我这个累积分数的阶段，而他们，一步就到位。

飞机钻入云霄，年轻人们或许已经进入光怪陆离的梦。我格外清醒，清醒得连二十岁时发生的一些事情都如在目前。读大学的时候，我因为想要买一件价格较贵的漂亮衣服，过年还跟父母发脾气；为了给我过生日，父母坐顺风车，抱着蛋糕坐在长途汽车的引擎盖上十个小时，到学校时奶油化掉了一大半；带我去看病，坐在油腻的小饭店条凳上，母亲抹着眼泪对我说，对不起，我没照顾好你……这些往事让我感伤又温暖。

很快，空姐来送餐了。坐在我隔壁的那个女孩终于从大毛毯里挣扎起来，她只要了一份牛扒、一杯果汁。不过，吃了两口她就放下了，发出了一声响响的叹息。我从她的叹息声里找到了说话的契机："不好吃吗？"她看着我，说话有点迟疑："不知道是什么味道，我吃什么都没有味道。"说完她把手臂上的毛衣一撸："我是不是很瘦？"那截白嫩的手臂上一眼就能找到静脉。"你在减肥？"她摇摇头："我抑郁症。"我吓了一跳。看起来，她的确是烦透了，开始向我这个陌生人倾诉。女孩大四还没念就休学了，因为抑郁，父母让她四处周游散心，打算明年回去继续读书。"唉，太迷茫了，不知道毕业之后干什么，总不能天天待在家里啊。出去工作，一个月的工资都不够我买一双鞋……我很多同学都说他们也很迷茫。"女孩又长长地叹了一口气。她的脸上没有一丝浮夸的得意，的确布满了迷茫的痛苦。

我的话很少，她一直在讲，直到空姐把我们的食物收走，灯光转暗，她又把自己裹进毛毯里，闭上了眼睛。我知道她睡不着，只是不想睁开眼睛，害怕从这么真切的世界里看到的还是迷茫。我久久地看着那张年轻的脸，心里竟然有些疼痛。

这是今年初春的一次旅途遭遇。在那之后，我又坐了几次经济舱，因为那个头等舱，我的里程数已经清零，我必须从头开始积累。我很明确，这是人的节奏，不是命运的节奏，这节奏让人产生意义，也让人找到目标。

2015 年，微信朋友圈里很流行晒步数。用手机计步器记录下自己一天所走的步数、一天所走的里程，然后分享给朋友们看，甚至跟那些分散在五湖四海的朋友们相互比赛。每个晚上临睡前，我喜欢看看这些数字，这些数字是我一天的积累，是我用脚步踩出来的，尽管它们不值钱，但是我却感到一种奖励的快乐。每一天，我在计步器上摁下重新开始这个键，这些数字又回到零，从那个时刻开始，我走的每一步，仿佛都能听到这个沉默的机器在为我奏响一个音符，这些数字最终会组合成一首音乐。我的母亲每到岁末都要翻看家庭存折，计算一下今年的存款，然后美滋滋地跟我父亲分享，好像这是她持家的成绩。她并不是一个守财奴，她总是告诉我们，积累起来的数字才有意义。

我时常会想起头等舱里那个迷茫和困惑的女孩，有时候我在路上走着，看到一个年轻的时髦女孩，我都怀疑那是不是她。我不知道她的手机里有没有装计步器，她太年轻了，也许会觉得这东西很无聊。我也不知道她那迷茫的抑郁有没有消失，是不是还在闭着眼睛假装睡觉，她根本意识不到，时间已经为她摁下了开始键……

再过几天，2015 年就结束了，对于习惯积累的人来说，那不是结束，而是一种归零后的重新开始。

虚构的"瓦解"

对于写小说的人，久而久之，会形成一种惯常的思考方式，那就是穷其所能，力图在一个虚构的故事里，完成其逻辑结构，使故事的推进充满信服力。因此他的内心必得先充满了各种质疑，然后像做手术一样，精细地将所质疑的东西一一解决掉，得出一个完美的充满信服力的作品，如此，达到了艺术的真实，无可置疑。这种思维习惯，逐渐地影响了我的日常生活。比方说，遇到一件突如其来的事情，我总会在心里推算着：何以至此？是的，何以至此，那不就是将小说推到结局的一个漫长过程吗？伴随这种思维惯性出现的，通常是"不至于此""的确如此"之类的拉扯。这其实是很折磨人的，同时，我也感受到了这些思维的"伤害"。

从一次饭局说起。

那时我还在广州生活，饭局是一位老诗人吆喝的。来的都是老朋友，有小说家、诗人、报刊编辑、青年评论家。只有一个陌生女孩，介绍才知道，她是老诗人顺便邀来的，是长期为老诗人从香港带一种进口药的中间人。我们觉得，她就是个生意人吧。她一来就表达了对文学的喜欢和对作家的敬慕。在座的都不觉得新鲜，因为她实在太嫩，看上去也就是二十来岁的样子。谁知，整顿饭下来，她不怯场，从喜欢文学说起，很快谈到了她的个人经历。她说，前些天回老家，她跟父母做了一次激烈的斗争——希望父母能接受她的香港男友，并允许他们结婚。可是，父母死活不同意，父亲用皮带狠狠地打了她一顿。"我现在背上满是伤痕，贴了很多膏药。"她这样说的时候，脸上还带着笑。我们都被这"私人叙述"吓住了，停下了咀嚼的动作。她接着说，自己在客厅跪了整整一夜，还被父亲关了禁闭，是仁慈的母亲偷偷把她放了出来。

这简直就是旧社会发生的事情嘛。其中一个作家问她："父母为什么不接受你的香港男友？"女孩说起了她那段戏剧性的爱情：两年前，她到香港玩，逛书店。她站着读一本书，有个男人一直站在她身边。后来，男人向她搭讪，告诉她手上拿的书是他写的。女孩顿时心生敬意。二人交谈甚欢，互相留了邮箱。他们就这样交往了起来。"他已经五十多岁了，比我大三十岁，这是父母不同意的原因之一。而更重要的原因在于，他其实很穷困，目前没有职业，就是给报纸偶尔写点'豆腐块'，而且还离过婚。"

我们都清楚，在香港以文为生很不靠谱，报纸只发

"豆腐块"文章，没有政府资助的文学机构，就连出版社都是民营的。据说除了畅销书外，香港文人印书都是自费，仅靠自己拿书到书店卖，获得一定的分成。显然，这女孩的男友，就属于自费印书的那类作家。

这次饭局成了这个女孩的爱情故事会。我的内心在她的讲述过程中一直在怀疑着，何以至此呢？尤其听到她与男朋友的巧遇，以及她多次与父母抗争的激烈方式，我都觉得不太可信。她是个生意人，遇着一群作家，自然要编出这么些与文学相关的事情，以拉近关系。我甚至在饭局结束走出饭店门口的时候，仔细地打量她的背，据她说那里几天前还被毒打，"满是伤痕"，你看，她竟然还弯下腰来，将门口一个摔倒的小娃儿顺利地抱起来，举在怀里，面带微笑。她的背不疼吗？

第二天，我接到饭局中那个杂志社编辑的电话，说那女孩今天下午要领她的香港男友到杂志社拜访，问我要不要来看看。"要不要来看看？"这话真的意味深长。到了杂志社，我发现昨天饭局上的人几乎都来了，他们都是来"看看"的。

那男人快六十岁的样子，在我们面前显出他这个年龄不应有的局促。他拿出了自己印的书送给我们，青年评论家详细地询问他香港文学的一些状况，我们则在心里从男人的回答中验证着其"作家"的身份。后来，男人向我们谈起了港译的西方书籍，顿时变得很自信，滔滔不绝，还从包里掏出一本港版的《别让我走》，石黑一雄的小说。他说自己很喜欢这本小说，并要留给我们读。那女孩安静地靠着男人坐着，一直微笑地听他说。最后，男人终于说到了他们的爱情。他说，他没有钱，也没有地位，但会努力争取她父母的认可，即使用尽后半生。这话从一个老男人嘴里吐出来，让我鼻子一阵发酸。

临别的时候，男人牵着女孩子的手，说："我们很高兴能认识你们这些作家。"同时深情地看了一眼女孩，仿佛我们是他们的结婚见证人。女孩很幸福地看看他，又看看我们，说了一句："我都怕他们不相信。"霎时，我为自己的那些心理活动感到羞愧不已。

女孩走出去的时候，我久久地看着她的背，我坚信那里"满是伤痕"。后来，我们再没见过那女孩，更别谈有什么"生意"关系。

这次饭局让我对虚构的信服力产生了怀疑，甚至对自己总是在苦苦推理"何以至此"的过程感到苍白无力。很多时候，信服力其实可以毫无逻辑，甚至可以让人始终丧失"何以至此"的追问，因为它常常会被感人的力量所瓦解。

这一声"啊"要不要写？

　　最近在朋友圈上看到一篇题为《阎连科：中国文坛到了一个巨大的被误导的时代》的文章，标题够吸引人，点开很仔细地拜读了。本来这是阎连科老师作为前辈作家给80后、90后年轻作家的一些教诲，似乎与我这个70后中年作家关系不大，但巧的是，最近我的一本小说集由花城出版社出版，书名为《走甜》，熟悉粤语方言的人就知道，"走甜"是餐厅里的一个常用词，多数指"咖啡不放糖"。阎连科老师这篇讲稿里就有一个关键词——苦咖啡文学，如果置换一下，粤语大致也可以叫"走甜文学"。阎连科老师在文章中指出这种文学的风格——"温暖中有一点寒冷，甜美中有一点伤痛"，认为在这种文学中"已经没有任何苦难，也没有任何人生的经历问题，所有的经历都是在咖啡馆中间产生的，痛苦我们可以到咖啡馆去谈，苦难也可以到咖啡馆去谈，即便人生的生生死死也可以在咖啡馆中去谈。当我们的任何的苦难、经历、困境，都可以约上一个朋友到咖啡馆去谈的时候，其实这个苦难、这个人类的境遇的困境已经被我们消解了。它已经不是必须生生死死要在悬崖上跳下去才能喊出的'啊'的一声。"按照阎连科老师的意思，这一声"啊"的文学，是义勇之士的"啊"，是铁肩担道义时决绝的"啊"，是面对苦难困境时宁为玉碎的"啊"，甚至是"冲啊"的"啊"……总之，这一声"啊"，不是日常生活所见的那些惊喜的、意外的、妥协的、哭不出的、浪漫的"啊"，更不是一己之悲欢的隐秘的"啊"。前者宏大，后者微小，前者是力拔山兮之吼，后者是伤心咖啡馆之歌。阎连科老师的忧虑在于，这些苦咖啡文学的流行，让"我们看不到整个国家、整个民族的生存困境在哪里"。

由这一声"啊"，我联想到前段时间发生在上海的一桩悲剧。十七岁男孩因为跟母亲争吵，从高架桥跳下身亡，有媒体报道的标题是"母亲'啊'的一声，儿子已经跳桥身亡"。这一声"啊"，不是面对国家和民族困境发出的，只是一个母亲的困境，是一个家庭与教育的困境。这悲剧折射的是日常生活中代际伦理之间的战争，那么，文学要不要写这一声"啊"？

我想，一代人有一代人要面临的问题与困境。作为较早感知现代化进程的一代人，同时又集中深受时代种种变革影响的一代人，我们对于个体的书写和探寻，显得尤为复杂，也更为决绝。普遍认为，我们这一代作家偏爱写日常生活，强调主体性的书写，甚至旗帜鲜明地认为世俗生活也有它的精神性和审美性，我们对文学书写宏大命题的这一责任做出了近乎集体性的挑战。但我不认为这是我们的默契，而是时代选择了我们这一代，就像时代选择了 1949 年以后十七年时期的那批作家为政治传声一样。个体是装载日常生活的最大的容器，从某个角度来说，写日常生活就是写个体在这个时代的生命感、生存感。

最近我因为写"人到中年系列"的小说，把前辈作家谌容 1980 年发表在《收获》上的中篇《人到中年》找出来看。这小说当时在社会上形成了巨大的反响，小说从集体与个人、家庭与工作之间的矛盾出发，正面揭示中年知识分子的悲剧性命运及其原因，反映改革开放之初存在的现实忧虑与问题。近四十年过去，当我踩在人到中年的阶梯上，再去读这篇《人到中年》，我最大的感想是，谌容们的中年已经不能代表我们现在的中年了。也许，我们还会面临陆文婷的那种家庭事业的沉重和艰辛，面临时代赋予的重任与个人生活之间的矛盾，但是，这些巨大的问题已经不会成为我们小说里主要处理的事务，我们更多的责任是处理身处这个时代中人的精神事务。中年，在我们这代人的写作中，不是简单的上有老下有小，不是生存与责任的拉扯，而是更为复杂的况味，更多地指向一种生存样态、心态、姿态，是一些难以说清道明的生命感。《走甜》里苏珊的那一声

"啊"，只是一个表情，对准自己的内心，企图坦诚地呈现一步步走向时间深渊的生命体会。

在小说里，主体时常化身为一个疏离、冷静的旁观者，在面对一些与己无关的外部变化或者冲突的时候，会对自己形成一根反射弧。这些发生和可能发生的，发生在自己身上和别人身上的突如其来的际遇，就算一个自以为用理性将自己管理得妥妥的人，也会引发出生命感。这是人的复杂的生命反射弧在起作用，这种感叹，古往今来，都被文学书写着。

我写过一篇《暖死亡》，主人公是个暴食症胖子，他总是在一点点慢慢地咀嚼、吞食食物，他夸张地展示着现代都市人矛盾的心理状态——既求安，又怕安；既需要俗世，又想要挣脱俗世。正如马歇尔·伯曼在《一切坚固的东西都烟消云散了》这本书里说到的："他们全都被一种变化的意愿——改变他们自身和他们所处世界的意愿——和一种对迷失方向与分崩离析的恐惧、对生活崩溃的恐惧所驱动。"就是这种矛盾、焦虑导致了他的暴食症。这个胖子所探寻的现代社会中个体存在感的问题，最终仅仅化为一个莫名其妙的困惑：死后火化的炉道能否装下自己硕大的身体？这当然是一种写作上的夸张，是以暴食症的形态呈现现代人精神慵懒的病态。现代化、高科技，说不定我们将来只需插上电源就无事可干了，我们日渐感到满足、和平，直至平庸。正是这些平庸让我们失去了感受力，患上精神慵懒症，这种慵懒会一点点地导致精神在温暖中死去。这仅仅是呈现一个胖子的内心世界吗？在我们改变世界的同时，世界也改变了我们。因此，我总是在小说中不断追问：我为什么会成为这样的我？我们为什么会成为这样的我们？探寻这种变化与困惑，我认为绝不可能逃脱对时代的书写，如同咖啡馆绝不是一个与世隔绝的真空层。

我觉得好的作品，不是我们常说的反映了时代变迁，而是在于作品反映了时代变迁下的人的命运。这个命运包括：时代的命运（也就是外部命运）对人的命运（也就是内部命运）的影响，外部命运和内部命运有着匀称的节奏、呼吸，形成小说的多重复调。

现代社会发展到今天，人们可能会耗尽一生去为自己乃至自己的下一代构建丰赡、优渥的物质生活条件，但是，现代人的病症却日益深重、愈发无解——物质繁华、内心荒芜的生命感已经不仅仅是知识分子层级的感受，它已经蔓延到了整个时代人的内心。文学除了喊出那声跳下悬崖时的"啊"之外，是不是也应该喊出那一声无关生死但却无解难缠的，甚至是沉默于心底的"啊"？